Rosa, minha irmã Rosa

Alice Vieira

Rosa, minha irmã Rosa

ilustrações
Odilon Moraes

EDITORA
POSITIVO

Rosa, minha irmã Rosa *foi publicado em Portugal pela primeira vez no final de 1979.*

Jornalista já há muitos anos, num jornal diário, a escrita de livros nunca fez parte dos meus projetos.

Mas, um dia, os meus filhos estavam de férias, e era preciso entretê-los (e ter mãe e pai jornalistas é dose...). Eles se queixavam de que não tinham nada para ler e lá vinham as acusações de costume: você está sempre no jornal, nunca escreve nada para nós, etc.

Aí, tive uma ideia que me pareceu brilhante (só não podia imaginar como ia mudar toda a minha vida): "Querem uma história? Então vamos escrevê-la nós três!".

E todas as tardes a Catarina, o André e eu nos sentávamos à mesa e íamos escrevendo uma história. A nossa história. Pensei que, para que eles se interessassem mais, nada como pôr os dois falando sobre o que realmente conheciam bem: a família, a escola, os amigos, o nosso tempo.

Aquela era a nossa casa havia 35 anos.

Aquela era a escola dos meus filhos (há mesmo um capítulo que começa por um problema de matemática – que era o que estava no caderno do André...).

Aquele era o nosso tempo: sem celulares, sem computadores, sem jogos eletrônicos, sem fraldas descartáveis para os bebês – com as crianças muito entretidas, fazendo coleções de figurinhas...

Aqueles eram os primeiros anos que se seguiam à Revolução de Abril, quando ainda existia uma grande esperança de mudança, quando se fazia tudo com muita alegria e quando ainda era muito visível uma grande crença na educação.

No fim de 20 dias, a história estava pronta. Eles tinham se divertido muito, tínhamos dito mal da família toda – que é sempre um esporte muito saudável – e as férias tinham acabado.

Enfiei a história dentro de uma gaveta e nunca mais me lembrei dela.

Até que um dia o meu marido se lembrou de buscá-la para enviar a um concurso literário que se anunciava. Era o Ano Internacional da Criança, e uma editora, que então se lançava no mercado, organizava o Prêmio de Literatura Infantil do Ano Internacional da Criança.

Concorreram mais de 100 – e a Rosa *ganhou.*

Vendeu logo muito, as escolas todas me convidaram para eu ir falar do livro – e foi a partir dessa época que se tornou um hábito os escritores irem às escolas falar dos seus livros. Até então isso não acontecia. Lembro-me de uma criança, numa das primeiras escolas onde estive, olhando muito es-

pantada para mim e perguntando: "Você é a escritora? Ah, eu pensava que os escritores eram todos mortos!".

Desde então, entre livros e jornais, nunca mais parei. De repente, eu me vi com duas profissões e um tempo muito difícil de administrar.

Enquanto isso, a Rosa *foi conhecendo leitores diferentes, de outros países, noutras línguas.*

Agora está nas mãos dos meninos brasileiros. Que falam a mesma língua, com ligeiras alterações. (Ainda não me habituei, por exemplo, a ver os meus pacíficos "rebuçados" transformados em terríveis "balas"...) Mas é também disso que se faz a riqueza de uma língua. E o que eu espero é que os leitores brasileiros se sintam bem junto dessa família e a tomem como sua.

Claro que estamos agora em 2014, e o mundo mudou. Mas a Rosa *continua a ser muito lida – o que vem provar que, no fundo, as crianças de hoje e as de há 35 anos não são muito diferentes: têm medo, esperança, sonhos, inveja, ciúme... O que muda é o exterior, os acessórios.*

Ou, como eu costumo dizer, utilizando a linguagem de teatro: afinal, o que muda são os adereços...

Alice Vieira
março de 2014

1

Quando a minha irmã nasceu, meu desapontamento ficou tão evidente que a minha mãe, abafada entre lençóis e cobertores da cama do hospital, me disse:

– Ela vai crescer num instante!

Assim como se me pedisse desculpa nem ela saberia com certeza de quê.

Num instante.

Num instante?

Num instante, eu descia a rua para ir à casa da Rita trocar figurinhas ("Não compro mais enquanto você não colar no álbum todas as que tem!", dizia mamãe tantas vezes), ou para lhe emprestar um livro, ou pegar um dela.

Num instante, eu bebia o leite nos dias em que me atrasava para tomar a perua da escola, a voz da Margarida nos meus ouvidos: "Vamos chegar tarde por sua causa!".

Num instante, o gelo virava água no tempo de calor – e como a Rita e eu rimos no dia em que a Chica ficou com medo de que os cubos de gelo entupissem a pia...

Não, a minha irmã não ia crescer num instante. E eu não entendia por que a minha mãe tinha dito aquilo, se ela sabia, tão bem quanto eu, que não era verdade.

Desse dia me lembro também que fui dormir na casa da minha avó Elisa, que me encheu os bolsos de balas, me deixou ir para a cama mais tarde, sem se importar de saber se eu tinha escovado bem os dentes. Já deitada, ouvi o telefone tocar muitas vezes, e sempre a minha avó respondia:

– É outra menina... Correu tudo bem...

O sono não vinha, por mais que fechasse os olhos com muita força, como a Rita tinha me ensinado. O colchão da minha cama era duro ("Faz bem para a coluna", dizia papai), e o colchão da vovó era mole, muito mole, e afundado no meio. Além disso, a vó Elisa tinha muito medo de resfriados e não me deixava abrir nem uma frestinha da janela. Além disso...

Além disso, sentia falta da voz da mamãe ("Vai dormir, que amanhã você tem que se levantar cedo para a escola!"), sentia falta das suas mãos aconchegando ao meu corpo a roupa da cama. Sentia falta de saber que ela estava perto de mim, mesmo que não a visse nem ouvisse.

Mas isso eu não dizia a ninguém, nem à Rita. Todo mundo gritava aos quatro ventos que eu já era crescida, e ia ser bonito me verem ali, encolhida na cama, lágrimas nos olhos e na garganta, com saudades de casa e da mamãe. Até a Rita ia rir, com certeza. Mas a verdade é que era isso mesmo que eu sentia. Isso mesmo: saudades. E era só por isso que não conseguia dormir.

– Correu tudo bem...

E como teria sido se tivesse corrido tudo mal?

E o que queria dizer mesmo "correr bem"?

Mamãe e papai tinham me explicado como tudo acontece, logo que a barriga dela tinha começado a crescer: o pequeno, invisível grão colocado lá pelo papai, o ovo se desenvolvendo a cada dia lá dentro, isso eu sabia. Lembro que um dia até achei graça quando vi a barriga da mamãe mexer.

– É o bebê se virando aqui dentro – disse ela.

– Com tanto pontapé, pode ser até que venha por aí um jogador de futebol – disse papai.

Mas tudo agora não passava de palavras, de histórias que tinham me contado. Talvez fosse isso que a Margarida queria dizer sempre que, lá na escola, acontecia uma coisa ruim e ela cochichava com a Teresa:

– Pois é, só sabemos dar valor a alguma coisa quando ficamos sem ela!

Eu não sabia direito o que ela queria dizer com essas palavras, mas que tinha coisas que ficavam muito diferentes quando saíam dos livros para a nossa vida, ah, isso tinha.

2

O Pedro avisou que amanhã temos provas. A vó Elisa diz que no tempo dela não existiam essas coisas: uma pessoa chegava à escola, aprendia a ler, a escrever, a contar, e no fim do ano fazia um exame. Por isso, ela encolheu os ombros quando lhe falei nas provas, e ficou toda escandalizada por eu chamar o professor de Pedro.

– Imagina se no meu tempo se admitia uma coisa dessas! Levávamos logo uma porção de reguadas e ficávamos o dia todo no fundo da sala, virados para a parede, sem poder falar com os outros... Aliás, a gente nem se atrevia, credo! Era "minha senhora", ou "senhor professor", e tudo com o maior respeito... Mas, agora, vocês sabem lá o que é isso?

De reguadas, não sei, não. (E, cá para nós, nem sinto muito por essa minha ignorância.) Mas, de respeito, eu sei. Só acho que estou falando a mesma coisa, mas com palavras diferentes das que a vó Elisa usa.

Outro dia, ela me disse:

– Sua amiga Rita tem muito respeito pelo pai.

Eu não respondi, porque estava entretida colando figurinhas novas no álbum, mas fiquei pensando naquilo durante muito tempo. E ainda penso. Sobretudo quando converso com a Rita lá em casa. Como aconteceu há poucos dias.

– Se eu estivesse na minha sala com um frasco de cola e um pincel, como você está, ia levar logo do meu pai – disse ela.

– Ia levar o quê? – perguntei.

– Às vezes você parece boba, ou que anda com a cabeça nas nuvens... Levar um pito, o que mais podia ser?

E riu, como se tivesse acabado de contar a história mais divertida do século.

– Mas ia levar um pito por quê? – insisti.

– Ora... Porque podia sujar a sala, porque a sala é para as visitas, sei lá por que mais... Por tudo... Por isso é que eu fujo rápido para o meu quarto quando ouço o meu pai chegar em casa. E mesmo assim... "Rita, não desarrume nada!", "Rita, não se suje!"... É sempre isso, mesmo quando estou quieta no meu canto... Mamãe diz que a casa tem que estar sempre arrumada e que eu desarrumo tudo.

– E você não desarruma?

– Não, não desarrumo. O que acontece é que arrumo de outro jeito, e é sempre de um jeito que não agrada nunca à minha mãe... Aliás, as coisas nunca mudam de lugar lá em casa. Um dia o meu pai me bateu porque eu pus o cacto em cima da mesa de trabalho dele... O cacto era meu, parecia quase uma rosa verde com muitas folhas, e eu pensei que ele gostaria de ter uma planta bonita para lhe fazer companhia quando estivesse trabalhando...

Mas ele só disse que eu tinha derramado terra e água, e agora a mesa estava manchada... Nem reparou se o cacto era bonito ou feio... Eu olhei para a mesa e não vi nada lá, mas ele teimava que dava para ver muito bem uma mancha mais clara no lugar onde eu tinha posto o vaso... E que não conhecia ninguém mais desastrada do que eu...

Nunca falei nessas coisas com a Rita, mas acho que é medo que ela tem do pai, e não respeito, como a vó Elisa pensa. E acho que deve ser horrível ter medo de alguém, ainda mais se esse alguém é o nosso pai ou a nossa mãe. E acho também que deve ser muito triste viver numa casa onde a gente não pode mexer em nada, numa casa tão arrumada como a da Rita. É claro que eu gosto de casa arrumada (será que a minha irmã vai mexer nas minhas coisas?...), mas a casa da Rita tem cheiro de museu, não tem cheiro de casa onde vive gente. Lembro que, uma tarde, ouvi a minha mãe dizer para o meu pai:

– Aquilo é um lugar sem vida, quase nem nos atrevemos a respirar lá dentro, com medo de sujar os vidros.

E era da casa da Rita que estavam falando.

Onde a vó Elisa diz que existe tanto respeito. Talvez no tempo dela fosse assim. Por isso eu gosto de viver agora, apesar da minha mãe ainda não estar em casa, apesar da minha irmã não ser nada como eu pensava, apesar das provas marcadas para amanhã. As tais de que a vó Elisa nunca ouviu falar. As provas de redação, de desenho e de gramática não me assustam. Só me assusta um pouquinho a de matemática. Mas o Pedro disse que eu "fazia o suficiente", por isso acho que não vai ser complicado.

Mesmo assim, vou ver se estudo um pouco mais.

3

REDAÇÃO

A minha irmã nasceu há quatro dias. É muito feia, tem a cara toda enrugada, e eu ainda não sei se gosto dela ou não. Pelo menos, penso que nunca vou gostar dela como gosto da Rita, que mora na minha rua e é a minha melhor amiga. Como diz a vó Elisa, a família aumentou. Só que eu gostaria que a gente pudesse escolher a nossa família, igual escolhe os amigos. Porque assim eu ia gostar da família inteira. E nela estariam a minha mãe, o meu pai, a minha avó, a Rita, o Pedro, o seu João da banca, que às vezes me dá um envelope de figurinhas a mais do que eu poderia comprar com o dinheiro que levo.

Mas não estaria a tia Magda, que só tem boca para palavras azedas, e só gosta de flores caras com nomes complicados, como os antúrios e as estrelícias, que a minha mãe compra para ela no dia do seu aniversário. Quando estou triste, gosto de ter flores perto de mim. Mas não é preciso que tenham perfume ou que sejam daquelas de caules muito altos, que dormem na vitrine das floras. Só preciso que estejam perto de mim. Que eu olhe para elas e sinta que estou tão acompanhada como se elas fossem pessoas. Sinto que tem flores que nunca poderiam me fazer companhia. Os antúrios e as estrelícias, por exemplo, a delícia da minha tia Magda.

A minha mãe conta que a primeira vez que me levou à casa da tia eu passei o tempo todo gritando dentro do carrinho. Para ser sincera, ainda hoje tenho vontade de gritar quando a vejo. Já sou crescida e as pessoas diriam que estava me comportando mal. Mas a verdade é que não gosto muito da tia Magda, embora a vó Elisa esteja sempre repetindo nos meus ouvidos que a gente deve sempre gostar da nossa família.

Não consigo compreender isso. No ano passado, chegaram lá em casa uns primos vindos do Brasil, que eu nunca tinha visto e de quem quase não ouvia falar. Estiveram comigo uns dois ou três dias e seguiram para o norte. Não voltei a ver nenhum deles, nem penso neles. E acho que ninguém pode me obrigar a gostar dessa gente só por ser da minha família. Não posso gostar de pessoas que não conheço, e de quem não sei nada. Mas posso gostar muito de pessoas que não são meus primos, nem tios, nem avós. De pessoas "que não me são nada", como a tia Magda costuma dizer, para arreliar. Então a Rita, por exemplo, não é nada para mim? Se eu não posso ficar um dia sem vê-la, sem brincar com ela, sem conversar com ela – isso não é importante? Por isso eu digo que, se escolhesse a minha família, a Rita também estaria incluída nela.

E as flores. As que me fazem companhia de gente, nunca os antúrios e as estrelícias.

E o Zarolho, que nada no aquário da entrada.

E a Zica, já com um braço só, um olho muito claro na cara preta, uma carapinha roída pelas traças, mas de todo jeito a minha boneca preferida.

E a árvore da minha rua, onde em todas as primaveras mora o rouxinol, que canta e me faz contente nem sei por quê.

E a vizinha do prédio em frente, o dia inteiro grudada na máquina de costura.

E o meu quarto e tudo o que dentro dele me pertence de verdade.

E também os livros. E os patins. E os meus álbuns de figurinhas coloridas.

Neste momento, ainda não sei se a minha irmã que nasceu há quatro dias vai pertencer à minha família.

MARIANA
(5º ano A)

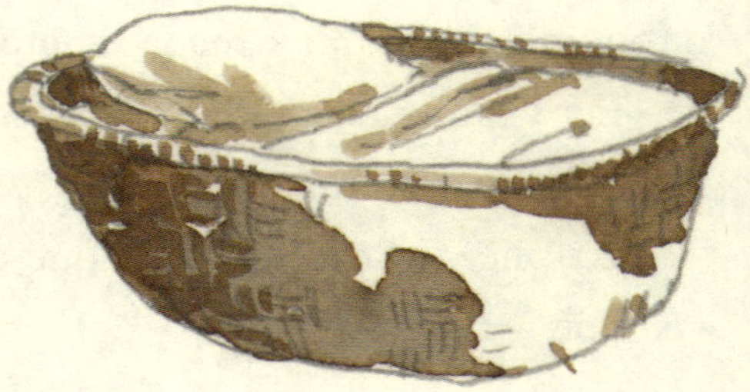

4

Mamãe volta amanhã para casa.

Mas a casa está diferente, e tenho medo de que ela também esteja.

A cama de grades, de madeira marrom, que serviu para mim, já está preparada no seu quarto, embora por enquanto a minha irmã vá dormir no moisés. A pequena banheira, de plástico azul, também já está no banheiro, pronta para ser usada. Tem montanhas de fraldas brancas dentro de uma gaveta, mas a vó Elisa passa o tempo todo se queixando de que ainda são poucas.

O pior de tudo foi que tive de ceder duas gavetas da cômoda do meu quarto para porem coisas do bebê, pois parece que não cabia tudo na cômoda da minha mãe.

– Como é que uma criança tão pequena pode precisar de tanta coisa?

Foi mais ou menos isso que perguntei à minha avó, mas ela estava tão atarefada, contando pela milionésima vez as fraldas da minha irmã, que só resmungou:

– Isto vai ser bonito, vai...

Não entendi o que é que ia ser assim tão bonito, mas decidi não preocupar a minha avó, absorvida que estava na contagem das fraldas.

Desde que a minha irmã nasceu, só vejo o meu pai correndo quando ele tem tempo para ir jantar na casa da vovó.

– Você quer ir comigo amanhã buscar a mamãe? – perguntou ele.

– Não posso. É dia de ginástica, e saio mais tarde da escola.

Vi que tinha ficado um pouco aborrecido comigo, mas eu também andava aborrecida com muita coisa e ninguém parecia se incomodar muito com isso.

– Que pena! Você podia ajudar a trazer as coisas da mamãe, que ainda está um pouco fraca. Mas não tem importância, vamos resolver isso de todo jeito. Não me lembrei da ginástica, desculpa.

Não sei por que senti um nó no fundo do estômago, uma vontade ridícula de chorar, mas abri muito os olhos e fechei as mãos com força (a Rita tinha me ensinado esse truque de prender o choro quando ele já estava na beirinha dos olhos) e não disse nada.

Só que o caldo verde, feito pela vovó especialmente para mim, de repente deixou de ter sabor.

Foi quando ouvi o meu pai perguntar:

– Então, e o nome?

– Que nome?

– Qual pode ser?... O nome para a sua irmã! Ou você quer que ela vá se chamar Jaime?

Apesar de toda a minha má vontade, ainda consegui rir dessa ideia. De fato, todos tínhamos andado nove meses falando no irmão que ia nascer, Jaime para cá, Jaime para lá, como se a vinda de um rapaz fosse uma coisa tão certa quanto as 24 horas do dia.

A tia Magda, que sempre sabia tudo e lia todas as revistas de todas as bancas de toda a cidade, tinha prevenido:

– Olhem que vai ser outra menina! Eu tenho um sexto sentido que não falha...

Ninguém ligou, e por isso ela agora, quando nos vê, não para de resmungar:

– Eu bem que tinha avisado...

Porque, além de dizer palavras azedas e de gostar de antúrios e estrelícias, a tia Magda tem outro defeito: só ela sempre sabe tudo, só ela tem razão, sempre. Quando a vejo, tenho a sensação de que a tia Magda já nasceu assim, com bigode e pele enrugada, ar autoritário e um dente de ouro saindo da boca.

De repente, a imagem da minha tia, já velha, mas deitada numa cama de bebê, me fez rir.

– Que foi? – perguntou o meu pai.

– Nada. Estava pensando em outra coisa.

– Então acho melhor que vá começando a pensar também no nome da sua irmã – disse ele.

E acrescentou, com ar meio sério, meio divertido:

– Não gosto que uma cidadã deste país fique muito tempo sem nome...

Pensei no rosto enrugado daquele meio metro de gente que tinha visto no berço do hospital e disse para mim mesma que, se todas as cidadãs tivessem aquela cara, o país estaria bem arranjado...

E ainda estou por entender o que me deu para, no fim do jantar, agarrar o braço do meu pai e lhe dizer:

– Vou com você amanhã buscar a mamãe.

5

Antes, tinha outra avó lá em casa.

Era mãe do meu pai e se chamava Lídia. Eu me lembro dela todos os dias, apesar de ter morrido há quase um ano.

Mas não me lembro de meus avôs, acho que nem cheguei a conhecer nenhum deles. Isto, como costuma dizer o meu pai, é uma casa de mulheres... Talvez por isso a gente tivesse se convencido mesmo de que vinha por aí um Jaime para mudar os ares...

A vó Lídia contava histórias dia e noite. Tinha sempre uma história para tudo, e a gente nunca soube bem se eram inventadas ou se tinham acontecido com ela, nos seus tempos de garota.

Porque a minha avó Lídia sempre foi menina até morrer. E, se vivesse hoje, ainda continuaria a ser menina. E mesmo que chegasse aos cem anos, seria menina, menina, mais menina do que eu. Ao contrário da tia Magda, que já nasceu com mil anos nas costas.

A vó Lídia ria muito quando contava as histórias. Às vezes, ainda no meio, ela ria tanto, que nós também começávamos a rir, como se já soubéssemos a graça do final da história.

As histórias da vó Lídia raramente tinham fadas ou bruxas, duendes ou coisas assim. Eram quase todas passadas com gente como nós, e talvez por isso eu gostasse tanto de ouvir cada uma delas. Eram quase sempre histórias de quando era pequena, e de tudo o que ela fazia de desastrado. Porque, ao contrário do que os adultos costumam fazer, a vó Lídia não escondia de mim as bobagens e as coisas ruins da sua infância. Jamais me disse "Eu nunca menti!", ou então "Eu nunca desobedeci aos meus pais!", como ouço a tia Magda dizer o tempo todo, mesmo eu sabendo muito bem que é mentira...

A vó Lídia contava muitas vezes a história de quando fugiu de casa, à procura da França, para onde tinha ido o pai dela. Todo mundo da aldeia procurou por ela durante um dia e uma noite, até que a encontraram debaixo de um pinheiro no meio da mata, perdida de todos, mas repetindo baixinho "A França, a França...".

– Levei uma surra, mas nunca ninguém me tirou da cabeça a vontade de ir ver onde era a França – costumava dizer.

Vontade que nunca satisfez. Lembro-me de ouvir o meu pai dizer no dia em que ela morreu:

– Nunca me perdoo de não a ter levado lá. Mas a gente tem tanto que fazer, e sempre pensa que vai ter tempo para tudo mais para a frente. E vamos adiando tudo...

Nunca vi o meu pai tão triste como no dia em que a vó Lídia morreu. Ele conta que a vó Lídia teve uma vida muito dura, e devem ter sido poucos os seus dias felizes.

– Pode-se dizer que só teve um pouco de descanso e alegria nestes anos em que viveu na nossa casa – disse um dia papai em conversa com mamãe.

Por isso fiquei gostando ainda mais da minha avó Lídia, que andava sempre contando histórias e rindo, como se nunca alguma coisa ruim tivesse acontecido na sua vida.

E hoje penso que devia ter dito a ela mais vezes quanto a amava, e como o seu riso e as suas histórias enchiam esta casa.

E como às vezes sinto saudade dela.

A minha irmã não vai saber quem era a vó Lídia. Mesmo que alguém conte as suas histórias para ela, não vai ser a mesma coisa. Seria preciso ouvir a vovó rir, rir, rir. E seria preciso ouvir a vovó contar que bom que era ir com os irmãos mais novos até o sapateiro, na véspera de Natal, e esperar que os sapatos novos saíssem das mãos dele, fresquinhos como bolos. A minha avó Lídia tinha mais doze irmãos, e só uma vez por ano é que tinham dinheiro para dar sapatos para os mais novos.

Ela contava:

– Os mais velhos é que tinham de andar calçados, porque já trabalhavam. E os menores tinham que ficar descalços a maior parte do tempo. Por isso, quando vinha o Natal, era uma festa... O nosso Papai Noel era aquele homem, trabalhando até tarde para terminar os nossos sapatos. E nós todos ali, junto dele, sem tirar os olhos daquelas mãos.

A minha irmã já não vai ouvir nada disso. Olho para ela, dormindo no moisés, cheirando a leite e a sabonete, e tenho vontade de lhe dizer:

– Sou muito mais velha do que você, bem feito!

6

Desde que a minha irmã chegou, nunca mais teve sossego nesta casa.

A minha mãe anda nervosa, diz que já está destreinada, que não sabe mais lidar com tanta mamadeira e tanta fralda.

A vó Elisa, que vem ajudar todos os dias, diz que a menina está engordando pouco, e que, com a idade dela, eu era muito mais desenvolvida.

A tia Magda vem aqui dia sim, dia não, e diz que a menina está com muita sede, e que nunca deviam esquecer que, se não fosse ela, eu teria morrido com falta de água exatamente naquela idade.

Só o meu pai vai mantendo a calma no meio disso tudo.

Para completar a festa, tem sido uma correria de visitas e gente da família (aqueles que só vemos lá de ano em ano e depois olham para nós e dizem "Mas como está crescida!"), todos querendo ver o bebê, todos querendo saber mais do que os outros, todos querendo mostrar como se cuida de uma criança.

Outro dia, minha prima Isaura disse para a minha mãe:

– Você nem sabe mais pegar a menina do jeito certo!

Fiquei olhando para ela muito espantada. A prima Isaura nunca casou, não tem filhos, como pretende ensinar a minha mãe, que me teve já há dez anos?

Foi por isso que eu lhe disse:

– Então mostra como é!

Ela tirou a minha irmã do moisés, passou um braço em volta do pescoço e outro pelas costas da minha irmã, que ficou toda aninhada, e as mãos dela pareciam um barco, ou uma cadeira de balanço.

– Veja – me disse ela. – É assim. Saber de crianças, isso eu sei.

E os seus olhos ficaram de repente diferentes. Não sei bem se era tristeza, mas era um olhar que quase nos dava vontade de chorar ou de fazer um carinho nela, sem motivo.

Notei que todos ficaram calados, e a minha mãe fingiu procurar um alfinete de fralda no chão, mas eu vi muito bem que era para disfarçar, e que ela sabia que não tinha nenhum alfinete caído por ali.

A prima Isaura pôs a minha irmã de novo no moisés, sorriu e disse:

– Vá! Volte para a sua cama, que não quero que fique manhosa.

E tudo pareceu voltar ao normal.

Mais tarde, papai me explicou que a prima Isaura tinha criado todos os irmãos como se fossem seus filhos. A mãe tinha morrido quando nasceu o mais novo (de repente pensei nas palavras da vó Elisa, no telefone, naquela noite em que a minha irmã nasceu – "Correu tudo bem!" – e sinto aqui por dentro uma espécie de arrepio, pensando que ela podia ter dito "Correu tudo mal!"...), e o pai tinha passado depois muitos anos na prisão. O meu pai diz que nunca conheceu homem tão bom como o pai da prima Isaura, e que naquele tempo as pessoas eram presas quando lutavam para que todos tivessem comida, e casa, e trabalho. Eu não sei como é que se luta por isso, mas um dia ainda pergunto ao meu pai. E converso com ele sobre essas coisas todas.

Mas por enquanto é impossível conversar nesta casa. Tudo gira em torno da minha irmã, todas as conversas começam ou acabam nela, essa coisa tão pequena que, de repente, enche uma casa e vira a pessoa mais importante da família.

Agora "a menina" é ela.

Se alguém telefona e pergunta "A menina?", já sei que isso deixou de ser comigo. Eu agora sou "a Mariana" e mais nada. Não é que me importe, pelo contrário, até me dá certo ar de mocinha. Só que alguém podia ter tido a delicadeza de me prevenir.

Quando a confusão aumenta, geralmente por volta das sete horas da noite, a minha vontade é de me enfiar no meu quarto e não sair mais de lá. Mas é nessa hora que todos se lembram de mim.

"Mariana, vai pôr a mesa."

"Mariana, olha o telefone."

"Mariana, apanha o sabonete."

Porque às sete horas é hora de tudo, e não há tempo para nada. É hora do banho da minha irmã, é hora da mamadeira, é hora do papai chegar, é hora do jantar ficar pronto e – nunca entendi por quê – é hora de todo mundo se lembrar de telefonar aqui para casa. E é hora em que não tem mais ninguém para ajudar. Esquisito como todas as pessoas querem ajudar quando não são necessárias, e desaparecem justo na hora em que precisamos delas... Por isso o meu pai, ao chegar em casa, me fez um carinho e disse:

– Você tem que ter paciência... É sempre assim, no começo... Com você, foi pior ainda... Mas daqui a uns dias você vai ver como tudo vai ficar bem.

7

Depois de muita discussão (felizmente que a tia Magda não estava), ficou decidido que a minha irmã vai se chamar Rosa.

O meu pai queria de todo jeito que se chamasse Lídia, mas aí eu pulei, como se estivessem roubando uma parte de mim mesma.

– Não quero! Não quero que ela se chame Lídia! Não quero! Não quero!

Bati com força a porta da sala e corri para o meu quarto, enquanto ouvia os dois dizerem:

– Esta criança anda uma pilha de nervos.

É claro que "esta criança" era eu.

Não gostei e decidi me fazer de forte (lá vinha o truque da Rita: abrir muito os olhos e fechar as mãos com força) e voltei para a sala. Ninguém me fez perguntas e aí já discutiam outros nomes.

Inês, Sofia, Margarida, eram nomes completamente indiferentes para mim. Foi quando o meu pai disse:

– Isso tem que ficar resolvido hoje, nem que a gente fique aqui a noite inteira! Não quero ir amanhã para a festa com uma filha sem nome.

Amanhã é 25 de abril, e vamos todos para o parque. Até mesmo a minha irmã, dentro do moisés, e com certeza cheia de mantas como quando chegou em casa. A minha mãe já tem uma sacola de coisas que podem ser necessárias lá – onde, evidentemente, não faltam as mamadeiras e um monte de fraldas.

Por mim, não levo nada: gosto de ficar com as mãos livres para brincar, dar cambalhotas na grama, segurar o balão que o meu pai costuma comprar. Encontro sempre muitas pessoas amigas no parque e sinto que aí a gente gosta mais delas do que nos outros dias.

– É pena não se poder chamar cravo... – disse a minha mãe, rindo.

– Mas pode se chamar rosa.... – disse eu, já esquecida da minha má vontade de minutos antes.

E comecei a cantarolar:

"A rosa jurou pro lírio
amizade sem ter fim..."

Já fazia muito tempo que não ouvia a minha mãe e o meu pai rirem de qualquer coisa que eu tivesse dito ou feito. Até porque – eu reconheço – nestes últimos tempos não tenho andado assim com muita graça mesmo.

– Pois é uma boa ideia... Até gosto do nome – disse o meu pai.

– Pronto, está resolvido, vai se chamar Rosa – disse mamãe.

E aqui estou eu, quase sem dar por isso, escolhendo o nome da minha irmã. "Que grande responsabilidade", diria a tia Magda (e vai dizer, é claro, quando souber...). Esta é outra das palavras grandes que ela adora. O que acho é que ela não vai gostar muito do nome, a não ser que exista, perdida lá no meio da família, alguma bisavó ou trisavó Rosa que eu não conheça.

A minha mãe costuma contar que, no dia em que soube que eu ia me chamar Mariana, a tia Magda virou a cabeça e resmungou:

– Mariana, só conheço a Alcoforado, e que eu saiba não era da nossa família.

Porque a tia Magda acha que as crianças que nascem têm de ter sempre nomes de pessoas da família, e essa tal Mariana Alcoforado de que ela falava era uma freira que viveu em Beja há muitos anos, e ficou conhecida por ter escrito um livro que a mamãe já prometeu me dar para ler quando eu for maior.

Por isso eu digo que a tia Magda não deve gostar muito do nome que, por puro acaso, escolhi para a minha irmã. E pode ser que prefira ver a sobrinha com o nome de alguma bisavó antiga, mesmo que seja feio e tenha cheiro de mofo entre as letras... Quem gosta de antúrios e estrelícias e tem um dente de ouro saindo boca afora, é capaz de tudo...

Só duvido que possa entender por que é que eu não quis que minha irmã se chamasse Lídia. O meu pai também não entendeu:

– Não entendo por que ficou tão zangada! Você gostava tanto da vó Lídia!

"Exatamente por isso" – eu ia responder. Mas achei melhor não dizer nada. E peguei no frasco da cola para ir colar umas figurinhas novas que tinham saído nuns envelopes que a vó Elisa tinha trazido para mim da banca do seu João.

– Deixa... – ouvi a minha mãe dizer baixinho. E depois, em voz alta: – Rosa... Rosa é um nome muito bonito... Não sei como ninguém tinha pensado nele ainda! Foi uma bela ideia, Mariana!

Estupidamente, me deu uma vontade doida de assobiar. O pior é que, apesar dos esforços desesperados da Rita para me ensinar, eu não sei assobiar. O ar sai todo por entre os dentes, e ninguém entende nada da música. Mas, quando me sinto contente, tenho um desejo danado de assobiar, e não posso fazer nada. A Rita assobia que nem um pássaro-preto. Para grande escândalo da vó Elisa: ela diz que no seu tempo era uma vergonha as meninas fazerem uma coisa dessas.

Como deviam ser tristes as meninas do tempo da vó Elisa, com tantos exames, reguadas, medo do professor, e sem poderem nem mesmo assobiar...

Já passava das dez, mas, como era feriado no dia seguinte, ninguém estava com pressa de me mandar para a cama. Aliás, aquela era uma noite diferente: a minha irmã já tinha nome. E isso devia ser muito importante, porque num quadro que a mamãe tinha posto na parede do meu quarto, com um menino de olhos tristes e muita coisa escrita por baixo, a primeira frase dizia: "Todas as crianças têm direito a um nome". A minha irmã era Rosa. Era o seu direito.

"... agora namora um cravo.
As rosas são sempre assim..."

Cantei, só para mim.
E descobri que estava morrendo de sono.

8

Ontem à tarde fui à Baixa com a minha mãe. As duas sozinhas, como no tempo em que "a menina" era eu.

Subimos e descemos ruas, entramos e saímos de muitas lojas, e toda hora ela me dizia:

– Cada dia as coisas estão mais caras. Desse jeito, não sei onde vamos parar.

E por isso muitas vezes entrávamos e saíamos das lojas de mãos vazias. Olhávamos tantas coisas bonitas, mas elas ficavam apenas nos nossos olhos, e o dinheiro nunca dava para as levarmos para casa. Às vezes me pergunto por que será que as coisas bonitas têm sempre de ser caras. Ou por que será que o dinheiro só dá para as coisas feias.

E sempre a voz da minha mãe:

– Nem sei onde vamos parar...

Eu acho que nem era comigo que ela falava. Era assim como jogar palavras ao vento, talvez esperando que algum ouvido as agarrasse e as coisas ficassem, de repente, mais baratas.

Por isso, não respondi e comecei outra vez o jogo de quando ando nas ruas da Baixa: nunca pisar o risco das calçadas. Mas havia muita gente e tive de desistir, até porque já tinha empurrado umas duas ou três senhoras, e a minha mãe tinha ralhado:

– Vê se toma mais cuidado, Mariana!

Passamos por muitas floras, mas também as flores custavam muito dinheiro. Por isso, as vitrines estavam tão cheias e as casas tão vazias.

– O que acontece se as pessoas não comprarem estas flores e elas murcharem todas nas vitrines? – perguntei.

A minha mãe encolheu os ombros.

– Sei lá!... Você tem cada ideia!

Mas depois acrescentou:

– Há sempre enterros todos os dias... No preço em que estão, acho que é mesmo só para isso que as pessoas ainda compram flores...

– Por que é que as pessoas levam flores para os que morreram, mamãe?

– Porque é o último presente que podem dar a eles.

– E não era melhor dar flores a eles quando estavam vivos? Você agora não leva flores para nossa casa porque elas estão muito caras. Foi o que disse há pouco. Mas, se algum de nós morresse, você levaria. E elas continuariam sendo caras, não é?

– Não brinque com essas coisas, Mariana! Você é muito pequena, não entende direito...

Isso é a pior coisa que podem me dizer, e a minha mãe sabe disso. E eu sei também que ela me responde assim quando descobre que não tem o que responder.

Meu Deus, como é difícil viver numa família! Quando a Rosa crescer, tenho que explicar a ela tudo muito bem explicadinho, para ela não ficar como a Rita, bicho do mato, sempre com medo de tudo e de todos. Eu cá acho que medo, medo, aquilo que se pode chamar de medo, só tenho da broca do dentista.

Uma vez a vó Lídia me contou que, no tempo em que ela era pequena e vivia lá na aldeia com os doze irmãos (ou melhor, os onze, que a tia Magda veio muito cedo para Lisboa), nem sempre era bom o clima em casa.

– Você sabe, Mariana, a culpa nem era da minha mãe, coitada, trabalhando dia e noite para que houvesse sempre um pouco de pão na mesa. E também não era do meu pai, morrendo aos poucos lá na França, sonhando sempre em juntar algum dinheiro para nos mandar. A culpa, no fundo, não era de ninguém. Ou então era daqueles que deixavam as coisas continuarem assim... Assim: uns tendo demais, outros não tendo nem o suficiente. Mas eu era pequena e não entendia. E às vezes me dava uma raiva danada, e fazia toda espécie de besteira que me vinha à cabeça, só para chatear a minha mãe. Era assim uma espécie de vingança. Só que ela, coitada, não merecia isso. E às vezes perdia a cabeça conosco, e era sermão que não acabava mais. Sabe, a gente costuma dizer que "casa onde não há pão todos brigam e ninguém tem razão", e é verdade mesmo. Claro que nós fazíamos asneiras, sabíamos que íamos levar uma surra... E então às vezes eu procurava me esconder ou fugir. Mas o meu irmão Jorge (esse seu tio que está no Brasil) me segurava e dizia: "Não vale a pena a gente fugir, Lídia. A gente tem que voltar, de qualquer jeito, e então é pior ainda...". E, para me animar, acrescentava, rindo: "Não vão nos matar, não é?", e encolhia os ombros, como se nada mais tivesse importância. Acredita que essas palavras nunca saíram da minha cabeça? Mesmo já mulher, quando as coisas não iam bem e tinha receio de enfrentar certas pessoas, me surpreendia repetindo, como o Jorge: "Não vão me matar, não é?". E tudo ficava mais fácil, e o medo acabava por desaparecer. A gente nunca deve ter medo de ninguém, Mariana, nunca.

Por isso, quando eu às vezes grito que ninguém me mete medo, o meu pai diz logo:

– Você saiu igualzinha à sua avó Lídia.

E porque eu não quero que a Rosa tenha medo dos outros é que vou explicar a ela esta coisa complicada que é ter uma família.

9

O Pedro não anda lá muito contente comigo por causa da matemática. Diz que eu só ligo para o português, e que assim não pode ser, e que a matemática é muito importante, e que sem a matemática não se pode viver, e que sou uma cabeça de vento. E isso e aquilo...

Em casa, papai me disse exatamente a mesma coisa, acrescentando ainda:

– Olha que as provas finais estão chegando, e eu não gostaria que você repetisse o ano por causa da matemática.

Se fosse a vó Elisa, começaria a falar do seu tempo, e como as meninas eram estudiosas naquela época. Quando a minha mãe a ouve, ela ri:

– A Mariana também é estudiosa, mamãe. Os assuntos e a maneira de ensinar é que mudaram... Antes davam coisas para nós decorarmos e pouco mais. Tudo dependia de termos ou não boa memória. Ninguém se preocupava muito em saber se tínhamos compreendido... Não pense que eram tempos melhores, porque não eram.

No entanto, segundo ouço às vezes o meu pai conversar com a minha mãe, parece que agora também nem tudo está ainda como deve ser...

– Quando a Rosa entrar na escola, talvez as coisas estejam caminhando melhor – eles diziam outro dia.

E comecei a imaginar se eu também ia falar do meu tempo, como a vó Elisa. E se a minha irmã vai rir do que eu disser, como eu rio (escondido, claro) daquilo que a vovó diz.

Mas o que é certo é que tenho mesmo que me concentrar na matemática, e o Pedro tem razão quando diz que só ligo para o português. O pai da Rita a proibiu de pegar no álbum de figurinhas enquanto o Pedro não mandasse dizer que ela já estava bem na matemática. A Rita anda por aí chorando pelos cantos, que eu vejo muito bem, embora se faça de forte. Mas eu conheço o seu truque e, quando noto seus olhos muito abertos e as mãos fechadas, já sei que alguma coisa vai mal.

A Rita é a minha melhor amiga, e não gosto de vê-la triste. Acho que ela sabe tanto quanto eu que tem que estudar matemática um pouco mais, e não seria preciso proibir nada a ela. Era só conversar mais com ela, ter mais paciência, sei lá... Mas o pai dela é assim. Outro dia, quando o Pedro mandou para casa o nosso boletim, ele deu um presente para ela porque no papel estava escrito: "Satisfatório". Acho que não tem sentido proibir as figurinhas, como não tem sentido dar presente. Os meus pais me dão presentes quando podem, quando estão felizes, quando faço aniversário ou é Natal, mas nunca por eu fazer aquilo que tenho que fazer.

– Se você não aprender, o prejuízo é só seu – diz sempre o meu pai.

E começa logo a ler o jornal, que é sinal de que a conversa acabou.

Pego o livro das fichas de matemática e um lápis e começo a estudar até a hora do jantar. A minha irmã choraminga no berço – ruído a que vou me acostumando nesta casa. Antes de me deitar, pego minhas figurinhas da coleção "Maravilhas da Natureza" e escolho algumas das mais bonitas para levar amanhã para a Rita.

10

Não saímos no domingo porque a minha irmã estava com febre. Todo mundo doido, o que é, o que não é, a vó Elisa procurando o médico, que não estava em lugar nenhum, a tia Magda perguntando de cinco em cinco minutos se a menina não estaria com sede, que ela se lembrava muito bem do que tinha acontecido comigo, a prima Isaura recomendando água morna com açúcar, a vizinha do lado garantindo que tudo passaria com um banho frio, até a mãe da Rita afirmando:

– São convulsões.

– Um dente! Vocês vão ver que não é mais do que um dente que quer sair – dizia papai, que nesses casos é sempre aquele que fica mais calmo.

– Quando era a Mariana nunca vi você assim tão tranquilo! – resmungava a vó Elisa, os dedos discando sem parar o número de telefone do médico.

– A Mariana era o primeiro filho. Nessa situação, a gente ainda não sabe nada. Mas aprendemos muito. Acho que nunca aprendi tanto na minha vida como no ano em que a Mariana nasceu. Penso que até aprendi a compreender melhor as pessoas, a gostar mais delas, sei lá. E aprendi a não me assustar, a não entrar em pânico, a não perder a cabeça. Por isso, enquanto não encontramos o dr. Cunha, deixem a Rosa sossegada, deem um pouquinho de aspirina para ela e pronto, daqui a pouco ela já está bem, firme, vocês vão ver.

Enquanto todo mundo sofria com o primeiro dente da minha irmã, peguei o álbum, a Zica, o casaco, e fui para a casa da Rita, que nesse domingo também não tinha saído.

Já estava na rua quando me lembrei: "E a matemática?". Não que me agradasse muito estudar ou fazer fichas com um dia tão bonito. Mas a verdade é que também não me agradava fazer aquilo quando os dias estavam feios. O que, infelizmente, queria dizer que nunca me agradava fazer as tais fichas. E eu sabia que não podia ser assim.

Voltei em casa e num instante peguei o caderno das fichas e fui para a casa da Rita. A mãe dela ficou muito satisfeita quando me viu entrar com o caderno de matemática debaixo do braço. Tão satisfeita ("Assim é que é, Mariana, aproveitar o tempo todo para estudar!") que nem sequer reparou nas "Maravilhas da Natureza" que vinham debaixo do outro braço.

Entrei logo no quarto da Rita, que ficou muito contente por me ver. A Rita cismou que, desde que a minha irmã nasceu, eu não fico com ela tanto quanto ficava. Cisma da Rita, mais nada. Só que às vezes a minha mãe pede que a ajude, e eu não posso dizer que não. E aí tenho que trocar algumas tardes com a Rita por algumas tardes de pôr e tirar fraldas e de mamadeiras preparadas na hora certa, senão a Rosa começa a esgoelar e ninguém consegue acalmá-la.

Mas a Rita não tem irmãos, não entende nada disso. Ela se aborrece e repete constantemente:

– Você é que não quer vir! Sei muito bem que é você!

Hoje, quando entrei no quarto, ela riu e veio logo pegar a Zica. Nós nos sentamos no chão e fomos misturando fichas e flores, ângulos agudos e anfíbios, conjuntos e rochas, frações e répteis, números complexos e aves estranhas, três-vezes-nove--vinte-e-sete e mamíferos de nomes nunca vistos nem ouvidos.

Quando voltei para casa, tudo estava muito mais sossegado, incluindo a Rosa, que dormia no moisés, tão longe ainda desses problemas da matemática. Gostaria de poder soprar no seu ouvido:

– Aproveita agora que ninguém incomoda você, que pode dormir o tempo que quiser, que não tem que se levantar cedo para pegar a perua, que não sabe o que são conjuntos, que pode berrar e gritar quando estiver indisposta sem que venham dizer "Que vergonha!", que pode fazer todas as loucuras possíveis porque tem sempre a justificativa dos dentes que estão querendo sair... Aproveita agora a sorte que você tem de não ser crescida ainda...

Às vezes, gostaria mesmo de dizer isso tudo para ela. Mas depois penso:

"Dormir o dia todo também não deve ser lá muito divertido. Ficar sempre deitada no moisés da manhã à noite, ou então ter que andar de colo em colo, sempre que aparecem tias e primas e visitas e parentes... Não poder brincar com os amigos, nem andar de patins, nem pular corda, nem ler livros, nem tomar sorvetes ou comer batatas fritas... Não, acho que, afinal, a Rosa não tem uma vida muito divertida, não... E vai ser bom ela crescer depressa, como disse a mamãe."

Crescer depressa e arrumar ainda mais depressa os dentes todos, que é para a gente não andar nessa aflição e poder sair nos domingos.

11

“Se A interseção com B for igual a 3 e 4; se A união com B for igual a 1, 2, 3, 4, 5 e 6... Se C for igual a 8, 9, 10 e 11 e a relação inversa de C para A é Z – 7 = X...” Rita, Rita, como eu gostaria de ter um desses nomes assim, nomes que soam tão bem, cheios de letras que parecem música...

Feche os olhos e diga comigo: iguana, salamandra, madrépora, lisambra, atália, zimbro, centáurea, hibisco, albatroz, acará... Se o ângulo A tiver 50 graus e o ângulo B tiver 210, então as flores vão encher esta sala, do chão ao teto, flores que podem ser lírios, tulipas, helicônias, acácias, rododendros, e todos os insetos do mundo virão pousar no ângulo A, tenha ou não 50 graus, e as abelhas vão procurar o pólen por entre a interseção de A com B, e vamos ver as formigas nas suas carreiras perfeitas, procurando as companheiras na relação inversa de C...

Rita, Rita, traz também o seu cacto para a nossa festa, e ele será batizado de guiabento, grandifloro ou flor-de-baile, e dos meus bolsos vai saltar o Zarolho, que todos vão conhecer pelo título de "combatente de Sião", que é o nome dos peixes mais belos e valentes que existem em todas as águas dos oceanos, e ninguém vai rir por ele ter só um olho, e, em vez de jogarem na sua cara "Para que eu quero um peixe zarolho aqui em casa?", como disse a minha mãe quando o meu pai o comprou, ao contrário, vão se desmanchar em reverências e procurar para ele a melhor água e a vegetação mais verde, que tudo será pouco para o grande combatente de Sião.

Rita, Rita, olhe como de repente se levantam os números pares e ímpares, e fogem dos nossos cadernos, e brincam de roda com as circunferências, e sobem pelos losangos, e se balançam nas vírgulas, e adormecem cansados e felizes nos lagos azuis dos ângulos rasos. E eu apanho um ramo de números pares e você apanha um ramo de números ímpares, e eles têm a resistência dos minerais, e então abrimos o nosso álbum e vamos colar todos, e chamamos o 2, por exemplo, de ametista, e o 4 poderá ser galena, e você dará ao 1 o nome de opala, e chamará o 3 de azurite, e vamos rir como ria a vó Lídia.

E no quadro o Pedro manda fazer uma máquina com duas saídas, e por uma delas voam os terços dos números 4, 6, 8, 9, 12, 15, 18, e de repente da máquina salta o rouxinol da árvore da minha rua, é ele, não pode ser outro, e com ele os rouxinóis de árvores espalhadas por outras ruas, e cada um procura amigos perdidos nos jardins desconhecidos de todos os países, e vão encontrar todos estampados nas nossas figurinhas, e são os rouxinóis que trocam de lugar com elas, para que elas possam respirar um pouco de ar fresco, e a ave-do-paraíso pousa na minha cabeça e ri da máquina de duas saídas, e você segura nas mãos o bico-de-tesoura e escreve no quadro:

"No mês de novembro passei 300 horas dormindo, 105 horas estudando, 60 horas comendo, e 255 horas em coisas que não lembro."

E toda a sala começa a dar gargalhadas, e o Pedro grita "Viva a matemática!", e todas nós gritamos "Vivam as 255 horas!", e o barulho é tanto que a vó Elisa espreita na porta e abana a cabeça, dizendo "Se fosse no meu tempo...", e a tia Magda entra com um grande jarro de água e vai salpicando todas as flores que enchem a sala, do teto ao chão, lírios, tulipas, helicônias, acácias, rododendros, "Não deixem que elas morram de sede!", diz ela, enquanto pergunta ao Pedro:

– Por que não estão aqui estrelícias nem antúrios? É completamente inadmissível! Vou me queixar ao Ministério da Educação!

E, depois que ela saiu da aula, a Joana ficou em pé na cadeira e começou a recitar:

– Eu sou um número inteiro com quatro algarismos. Se me aumentassem uma unidade, eu continuaria com quatro algarismos, mas se me diminuíssem duas unidades ficaria com três algarismos. Quem sou eu?

E todos nós fizemos uma roda em volta dela, gritando "É a Joana! É a Joana!", e o Pedro batia com a mão na mesa e escrevia cartas para os nossos pais dizendo "Têm que se aplicar mais na matemática".

E o Luís Miguel, para não ficar atrás das meninas, recitou por sua vez:

– Gastei cem escudos para comprar um monte de livros; se paguei com uma nota de quinhentos e me deram o troco em notas de vinte, quantas notas me deram?

E então eu gritei do fundo da sala:

– Com cem escudos você não pode ter comprado assim tantos livros, de jeito nenhum!...

E a minha mãe me fez sinal do lado de fora da janela:

– Não sei onde vamos parar, Mariana!

E a Margarida bateu de leve na porta da sala para avisar que era hora do almoço e concordou com as palavras da minha mãe, acrescentando, como sempre:

– E só sabemos dar valor a alguma coisa quando ficamos sem ela...

Rita, Rita, vamos correr para o pátio, apanhar borboletas que nas figurinhas se chamam lisambras, catagramas e vanessas, mas trazem as cores do arco-íris, vamos deixar na sala os algarismos e os ângulos, e guardar em nós o sol desta manhã de maio.

E corro atrás de uma, castanha e dourada, até tropeçar numa pedra do caminho e bater com a cabeça no chão. E de repente a

pedra se transforma num gigantesco número de três algarismos que pouco a pouco vão se definindo, até ficar 255, e o número-pedra grita para mim:

– Que fez de nós no mês de novembro?

E eu não sei o que responder, digo apenas:

– Novembro já foi há tanto tempo...

Mas o número-pedra insiste:

– Não importa! Quero saber que fez de nós, em que foi que gastou o nosso tempo? As nossas horas?

E o 255 me agarra pelos ombros, e sacode o meu corpo enquanto vou gritando:

– Não tenho medo de ninguém! Não tenho medo de ninguém!

E de repente tudo se mistura dentro dos meus olhos, Rita, Rita, onde está você?

Quando a minha mãe me acordou, eu toda transpirava. Mas decerto era por causa do calor que fazia.

Porque eu não tenho medo de ninguém, nem de nada.

Muito menos de um sonho.

12

O marido da vó Lídia se chamava Joaquim, e, segundo ela contava, tinha começado a trabalhar aos cinco anos. Quando penso nisso fico até um pouco confusa, porque, por mais que tente, não consigo entender o que é trabalhar aos cinco anos. Cinco anos é metade da minha idade – e o que eu faria se me mandassem trabalhar?

Mas o avô Joaquim, que eu nunca cheguei a conhecer, tinha cinco anos e já ia com o pai dele para o campo. E não era com certeza para caçar borboletas.

– O seu avô aprendeu muito cedo o valor das coisas e a sua verdadeira importância. Mesmo depois, quando deixou o campo e se empregou na loja, horas e horas atrás de um balcão ou carregando e descarregando sacos, a vida nunca foi fácil para ele. E olhe que, apesar disso, nunca foi homem de brigas nem de maus-tratos. E como ele adorava o seu pai! Ainda me lembro de ver o seu avô pôr as poucas moedas que conseguia economizar dentro de uma caixa de fósforos. Depois, quando era dia de feira, pegava a caixa, dava ao seu pai e só dizia: “Encontrei ali esta caixinha... Não sei se tem alguma coisa aí dentro, mas fica com ela”... E o seu pai já sabia que ia encontrar ali uns tostões para gastar na feira. Só não sabia quanto tinha custado ganhar essas poucas moedas. E como cada uma delas fazia parte das poucas alegrias que o seu avô tinha – e das quais tinha desistido: um maço de cigarros que não comprava, um copo de vinho que não bebia no fim do dia com os amigos, sei lá. Mas como os olhos dele sorriam quando via o seu pai sair de casa todo feliz com a caixa de fósforos no bolso...

Acho que a minha avó Lídia aprendeu com o avô Joaquim a estar sempre contente, e a esperar sempre o melhor das coisas, das pessoas, e dos animais.

Porque a vó Lídia tinha uma paixão por todos os bichos. No dia em que o meu pai comprou o peixe vermelho para o aquário, ela passou horas seguidas vendo o bichinho nadar de um lado para o outro. E foi ela que, de repente, descobriu:

– Mas este peixe só tem um olho!

Corremos todos até o aquário. Era verdade. O peixinho vermelho, que tinha acabado de chegar em nossa casa, não tinha o olho direito. Nem sinal dele.

– Para que eu quero um peixe zarolho aqui em casa? – disse logo a minha mãe, que não gosta muito de bichos.

– Mas ele com um olho vê tão bem como com dois – disse o meu pai. – Olha como encontra logo a comida que a gente joga para ele...

Eu me lembro: o peixinho corria, feito doido, de um lado para o outro do aquário mal a água se enchia de pequeninas folhas rosadas que vinham dentro de um frasco que o papai tinha comprado com ele. E era tão engraçado quando se virava do lado em que devia ter olho e não tinha... Nem nas minhas "Maravilhas da Natureza" eu encontraria coisa que se parecesse com isso. Por isso conseguimos convencer a minha mãe a aceitar o Zarolho.

E agora ele faz parte da casa. Parte da família. O meu pai até garante que ele o reconhece quando, por volta das sete, põe a chave na porta.

– É verdade que ele conhece os meus passos, a minha voz! Até começa logo a nadar mais depressa. Pudera! Já sabe que é de mim que vem a sua comida...

Outro dia me lembrei disso quando a minha mãe disse para a vó Elisa:

– A Rosa já me conhece tão bem! Assim que eu entro no quarto, fica logo agitada...

Foi então que eu disse:

– O Zarolho também fica assim quando papai chega perto dele... E só tem um olho... O que faria se tivesse os dois...

– Ó Mariana, mas que comparação! – disse logo a vó Elisa.

Francamente, não entendo por que é que ela ficou tão escandalizada. No fundo, a minha irmã não é assim tão diferente do Zarolho... Não fala, também tem que ser alimentada (e muitas vezes ao dia, enquanto ele fica satisfeito só com uma refeição), precisa que mudem suas fraldas assim como ele precisa que mudem sua água... Acho que não foi assim nada do outro mundo aquilo que eu disse.

E vi muito bem que a minha mãe contou para o meu pai, e que eles morreram de rir. Mas eu nem tinha dito aquilo para ser engraçada. Aquilo era mesmo o que eu pensava.

É mesmo o que eu penso.

E é sério.

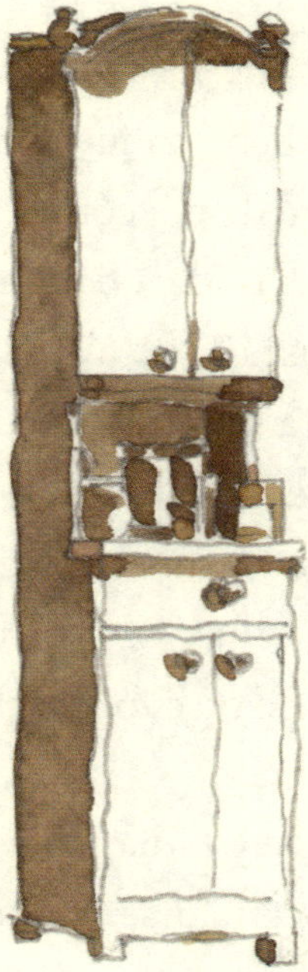

13

A tia Magda adoeceu, e todos tivemos que ir lá na casa dela. Todos, menos a Rosa.

– Não se deve levar um bebê na casa de pessoas doentes – disse a minha mãe.

E eu pensei que a minha irmã era sortuda, por ser tão pequena e poder ficar em casa.

Passamos antes por uma flora, onde a minha mãe comprou um ramo de estrelícias, o que com certeza seria meio caminho andado para a cura da tia Magda.

A casa da tia Magda é cheia de sombras e tem um corredor que a gente nem vê onde acaba. Além disso, tem uns cortinados onde dá vontade de jogar escondido, coisa que nem me atrevo a falar perto dela, pois acho que só a ideia a faria cair morta... Os móveis são escuros e altos, e as tábuas do chão rangem quando a gente passa, e os vidros da cristaleira até parecem tocar música. Acho que há muitos anos ninguém abre aquela cristaleira, ninguém bebe naqueles copos nem naquelas xícaras. Deve estar tudo cheio de pó, com certeza.

A casa onde a tia Magda vive era da madrinha dela, que um dia foi buscá-la na aldeia e a trouxe para Lisboa.

– Para ser criada! Para ser criada é que ela a trouxe – costumava dizer a vó Lídia.

Mas o meu pai não gostava de ouvir isso.

– Não diga isso, mamãe! Olhe que a tal senhora, depois de morrer, deixou a fortuna toda para ela... Era porque gostava dela, com certeza!

Mas a vó Lídia sabia bem o que dizia.

– Você não se lembra, filho... Você sempre a conheceu assim... Mas eu sei muito bem o que vi quando vim uma vez a Lisboa, logo depois do meu casamento, e fui visitá-la... Ela hoje está rica, é verdade, mas tudo à custa do seu trabalho e da sua saúde.

A minha mãe diz que, desde que a madrinha da tia Magda morreu, ela nunca mudou nada de lugar. E é por isso também que não usa a louça da cristaleira.

– Isso é louça muito cara – costuma dizer. – É só para as visitas.

Tudo em casa da tia Magda é para as visitas.

Uma sala sempre fechada – para as visitas.

Um quarto onde nunca ninguém dorme – para as visitas.

Uma arca no meio do corredor imenso, cheia de roupa que ela nunca usa – porque é para as visitas.

O mais engraçado disso tudo é que a tia Magda nunca tem visitas, embora passe a vida esperando que elas batam à sua porta.

– Ficou para ela essa ideia do tempo em que a madrinha era viva – diz sempre o meu pai. E acrescenta logo: – Essa e outras...

Porque, segundo ouço dizer, a tia Magda é igualzinha à madrinha.

– A patroa fez a Magda tão criada dela que a obrigou a pensar da mesma maneira, a dizer as mesmas palavras, a ter o mesmo jeito... – costumava dizer a vó Lídia, mas só quando o meu pai não estava por perto...

Por isso, hoje a tia Magda só fala com palavras complicadas. Só gosta de estrelícias e antúrios. E sabe sempre tudo o que as outras pessoas não sabem. E tem sempre razão. E nunca se engana. E, quando criança, nunca mentiu nem fez besteiras. E tem um dente de ouro. E só gosta dos nomes de família.

– A minha mãe chorou muito quando ela veio para Lisboa! Mas nós éramos tantos irmãos e era tão pouco o dinheiro que entrava em casa que ela não conseguiu dizer não – dizia a vó Lídia tantas vezes.

Depois ria, como só ela sabia rir, e rematava:

– Pelo menos, assim andou sempre calçada... Pelo menos, nunca teve que esperar pelos sapatos do Natal...

Olho para a tia Magda, agora deitada na cama, e penso que deve ser muito triste uma pessoa sair de casa para ir viver noutra terra, longe da mãe e do pai e da gente de quem se gosta. Mas penso que também deve ser muito triste não ter sapatos, nem a comida que temos vontade de comer, nem uma casa quentinha no inverno. E ter que ir trabalhar com cinco anos, como o avô Joaquim.

Acho que, quando for grande, vou ser ministro ou presidente da República, para não deixar que essas coisas aconteçam.

14

Não há nada pior do que um domingo de chuva.

Agora que a Rosa não tem febre e que os dentes parecem crescer em sossego, começou a chover.

A vó Elisa diz que não é tempo de chuva, mas que desde que "os homens andam lá por cima, isto anda tudo embaralhado". O meu pai ri quando a ouve.

– Se duvidar, eles estão mexendo nas nuvens lá...

– Ora, ora, o que eles estão fazendo eu não sei, mas desde que começaram a ir à Lua a gente nunca mais se entendeu com o tempo. Chove no verão, faz calor no inverno. Também ainda estou para saber o que deu na cabeça das pessoas para irem à Lua... Bem melhor seria que pusessem as coisas funcionando na Terra antes de se meterem nestas aventuras.

Pois a vó Elisa culpa as viagens à Lua, os astronautas e os foguetes de tudo o que de mau acontece. E, quando o meu pai tenta explicar a ela que a ciência e a técnica têm sempre que avançar, senão estaríamos andando até hoje de burro ou de canoa, ela encolhe os ombros e diz:

– Olha, no meu tempo e no tempo dos meus avós não havia nada dessas coisas e a gente vivia.

Uma vez foi tão engraçado que vou contar.

Chovia assim como hoje e era verão, verão mesmo, com férias e sandálias e sorvetes. E a vó Elisa também disse que a culpa era dos astronautas que andavam lá em cima misturando o tempo, que antes se vivia bem melhor "sem estas manias do progresso". Foi assim mesmo que ela disse, e a minha mãe não gostou, mas ficou calada. Depois à noite, acho que por causa da chuva, um cano estragou, e só corria um fiozinho de água nas torneiras. A vovó se desorientou logo, não podia ser, e como é que ela ia lavar a louça com água fria, assim a gordura nem saía, e por aí fora...

– Não me diga que no tempo dos seus avós havia água quente encanada lá em casa! – disse a minha mãe, que estava remoendo aquela de "manias do progresso"... E acrescentou logo: – E com certeza viviam, não viviam?

A vó Elisa fez que não ouviu (ela também tem os seus truques...), mas deixou a louça toda num cantinho da chaminé para lavar no dia seguinte – quando o "progresso" já estivesse funcionando como devia.

Acho que a vó Elisa só não gosta do progresso que ela não entende. Daquele progresso que ela acha que não serve para nada. Mas penso que tudo serve para alguma coisa, mesmo que a gente no começo não entenda bem para quê. Até as estrelícias e os antúrios devem servir para alguma coisa – nem que seja para pôr a tia Magda bem-disposta.

Uma vez a minha mãe comprou uma garrafa bem pequenina, de vidro transparente, cheia de vidrinhos coloridos, e a colocou numa prateleira do armário da sala.

– Para que serve isso, mamãe?

– Você gosta?

– Gosto muito.

– Acha que é bonito?

– Muito... Muito bonito...

– Então, pronto, é para isso que serve: para ser bonito.

É bom a gente ter coisas bonitas perto de nós. Só que a minha mãe diz que as coisas agora estão tão caras, que a gente tem que usar o dinheiro para comprar coisas que sirvam sempre para alguma coisa mais do que serem bonitas... Ainda vou perguntar à vó Elisa se a culpa das coisas estarem caras também é dos astronautas...

Olho pelos vidros da janela do meu quarto e continua a chover. Se a Rosa fosse mais crescida, poderíamos estar agora as duas conversando, ou jogando... Como as crianças crescem devagar!... E o pior é que, com esse andar e com essa velocidade de caracol cansado, quando a Rosa for grande, já não me serve para nada! Quando ela tiver dez anos, já devo estar casada com algum rapaz muito bonito, louro e de olhos azuis, chamado Rodrigo, que é o nome de rapaz de que eu gosto mais. Agora é que ela devia estar crescida, como eu, para conversarmos as duas. Assim, metida lá no berço, para que é que ela me serve?

Estava começando a ler um livro novo que o meu pai tinha comprado para mim (olhando de vez em quando para a janela à espera de que a chuva parasse), quando ouvi a Rosa chorar. Que a minha irmã é assim: quando resolve encher os pulmões, o sossego da casa vai embora...

Fui até junto do berço dela.

– Vai, tome a chupeta e não chore mais, sua bobinha!

E a Rosa começou a rir, a rir, como nunca tinha rido.

E eu dizia:

– Bobinha! Bobinha!

E ela ria cada vez mais, até parecia que se engasgava. Como ria a vó Lídia quando contava histórias.

E eu comecei a rir com ela.

E era bom.

E descobri que a Rosa já servia para alguma coisa. Como os vidrinhos coloridos dentro da garrafa da sala.

15

"As pessoas não entendiam muito bem e depois disso a chamaram de maluca e outras coisas assim. Nem eu entendi, pequena que era na época, ainda pensando um pouco pela cabeça e pelas palavras dos outros. Devo tê-la chamado de maluca muitas vezes. E de todas as outras coisas que a chamavam. E vejo agora como tudo era tão simples de entender. E como todos nós fomos tão cruéis.

"Mas a verdade é que as pessoas não compreendiam e chegaram a pensar que a tia Emília tinha perdido o juízo, com o desgosto com o marido. Talvez tivesse perdido mesmo. Mas nunca me lembro de ouvir a tia chamar outro nome que não fosse o da Malhada.

"No entanto, hoje me pergunto se não há animais que fazem mais falta para nós do que muitas pessoas. Do que tantas pessoas. Não sei se devia estar contando isso para você, que é tão pequena. Dizem que há coisas de que a gente só deve falar com os adultos, porque só eles são capazes de entender. Não estou muito certa disso. Às vezes penso que há coisas que só mesmo as crianças são capazes de entender e aceitar. Penso, por exemplo, que é bem possível que você tivesse entendido a tia Emília. E talvez não tivesse sido tão cruel como nós fomos.

"A Malhada... Se você a visse...

"Não tinha estrela na testa, como aquelas que aparecem nos livros de histórias. Mas nunca vi olhos tão doces como aqueles. E nós estávamos tão habituados a ela como a tia Emília. Fazia parte da casa, entende? Era assim uma espécie de outro braço da tia Emília, e sem ela a vida era impossível. Mulher sem filhos, com o marido entrevado sempre no canto da lareira, era da Malhada que aquela mulher vivia. Da Malhada, que lhe dava o leite, a manteiga, o queijo, o requeijão, um filhote por ano.

"Às vezes íamos encontrar a tia Emília sentada junto da Malhada, lhe fazendo carinho e chamando a sua vaquinha de todos os nomes de ternura que um dia foram inventados para as mães chamarem os filhos. Já nessa época diziam que a tia Emília não tinha juízo completo. Já nessa época os meninos corriam atrás dela gritando 'Velha doida, velha doida'. Mas ela nem os ouvia: só tinha ouvidos e olhos e coração para a Malhada.

"Nunca cheguei a saber o nome do marido. Para todos, era 'o da tia Emília'', e duvido até que alguém soubesse ao certo como ele se chamava, ou que idade tinha. Se é que ele tinha nome ou idade.

"Sentado no canto da lareira no inverno, ou na porta de casa no verão, nunca tinha saído som algum da sua boca, uma ligeira baba sempre pendurada no queixo.

“A minha mãe contava que ele tinha ficado assim muitos anos antes, depois que um trator esmagou suas pernas. Sem médicos nem dinheiro para ir buscá-los na cidade, não se pôde fazer nada, e ele foi ficando por ali, no canto da lareira ou na entrada da porta.

“Porque médico era coisa que não havia na aldeia. E, se precisássemos de um remédio, tínhamos de ir buscar na farmácia, a 40 quilômetros de lá. E se tivesse dinheiro para pagar, é claro. Por isso morreu tanta criança que poderia ter sido salva. Você não pode nem imaginar como era, mas eu digo para você que eram tempos muito duros.

“Talvez o marido da tia Emília pudesse ter sido salvo, se estivesse na cidade e tivesse dinheiro para o médico e para o tratamento. Então ficou por ali, mais morto que vivo, olhando as pessoas sem dizer palavra, a baba sempre caindo do queixo. E,

quando era tempo de trovoada, punha os braços em volta da cabeça e chorava, chorava, e a gente nunca sabia por quê.

“Foi no dia em que ele morreu que a Malhada adoeceu. As pessoas da aldeia enchiam a casa da tia Emília e todos procuravam consolá-la da morte do marido. Ela tinha os olhos arregalados e parecia não entender uma palavra do que lhe diziam, não entender sequer o que tinha acontecido. De vez em quando, desaparecia, e íamos encontrá-la no estábulo, fazendo carinho na Malhada, que gemia e não conseguia ficar em pé, e eram ainda mais doces os nomes que lhe dava. Mas nós não entendíamos algumas coisas. Por isso rimos quando a vimos assim. Ela olhou para nós e disse apenas:

“– Se ela morrer, o que vai ser de mim?

“A gente riu ainda mais, e saímos gritando:

"– A tia Emília está maluca! A tia Emília está maluca!

"E as mulheres de preto vieram nos encontrar e nos deram razão. Disseram que tinha sido o desgosto que a tinha transtornado daquela maneira. Pois era só isso que entendiam. Quiseram levá-la para dentro de casa, mas ela se agarrou com força ao estábulo e só repetia:

"– Se ela morre, o que vai ser de mim? Se ela morre, o que vai ser de mim?

"E de novo as palavras de ternura guardadas durante anos para os filhos que nunca chegou a ter.

"Conseguiram levá-la ao enterro do marido amparada por duas vizinhas. Mas logo à descida do cemitério para casa a sua preocupação voltou:

"– E se ela morrer?

"Não morreu.

"O ferrador lá da aldeia tratou dela, e depois de muitos dias a Malhada aprumou. Mas a tia Emília parecia ter envelhecido dez anos naqueles dias.

"As pessoas diziam então:

"– A morte do marido é que a pôs neste estado. Foi um grande choque para ela.

"Porque as pessoas às vezes esquecem depressa. Mas nós, que éramos pequenos naquela época, sabíamos que as coisas não tinham acontecido assim. Tínhamos rido, tínhamos chamado a tia Emília de doida, como os outros, mas no fundo sabíamos que não tinha loucura nenhuma na cabeça dela. E que sem o leite, a manteiga, o queijo, o requeijão e os novilhos que vendia, os dias que a tia Emília ainda tinha para viver seriam difíceis. Quem iria cuidar dela se a Malhada morresse?

“É por isso que eu digo que a gente pode amar tanto as pessoas quanto os animais. Dever a vida a eles, muitas vezes. E quantas vezes também somos injustos ou esquecidos. A maioria das vezes por falta de tempo, eu sei.

“É preciso trabalhar, ganhar a vida, e fica pouco tempo para pensarmos nisso. E é uma pena. Porque depois, quando temos tempo, eles já morreram, ou se perderam por esse mundo, e não podemos mais mostrar a eles quanto os amamos, como a nossa vida teria sido diferente se não os tivéssemos encontrado. Como teríamos ficado mais pobres e vazios.

“Para a tia Emília, a Malhada era uma pessoa. Tenho certeza disso. E, embora nós não conseguíssemos ouvir nada, eu juraria que as duas conversavam longamente todos os dias.”

Isto contava muitas vezes a vó Lídia.

Acho que consigo me lembrar de todas as suas palavras para um dia contar para a Rosa. Só que não vou dizer a ela que havia quem chamasse a tia Emília de maluca.

E também acho que não vai fazer mal se eu disser que a Malhada tinha uma linda estrela na testa. Tal como acontece nos livros de histórias.

16

REDAÇÃO

Lá em casa todos os caminhos levam à Rosa, que é a minha irmã que nasceu há três meses. Nunca mais houve tempo para nada, há pessoas que nos visitam nas horas mais incríveis, e até os objetos mudaram todos de lugar.

A minha mãe passa o dia fazendo mamadeiras e lavando mamadeiras, mudando fraldas e lavando fraldas, e eu fico pensando como é que ela pôde querer mais essa filha, se comigo com certeza já deve ter tido os mesmos trabalhos.

A minha tia Magda anda sempre dizendo que mais um filho é uma grande responsabilidade para a família, e a vó Elisa não diz nada, mas eu, que a conheço bem, acho que ela deve culpar os astronautas e os foguetes pelo nascimento da Rosa.

Olho para ela, sempre dentro do moisés, e penso que, já que ela veio, a gente não pode afogá-la, como sei que tem quem faça com os pobres gatinhos recém-nascidos. Mas não consigo compreender por que é que os meus pais tiveram tanta necessidade de ter outro filho, estando aqui eu, que, não é para me gabar, não sou má menina. Com a vantagem de já saber ler e escrever, de caminhar com meus próprios pés, de ter os dentes todos (a não ser os que caíram a semana passada), de poder conversar com eles, e de não precisar de mamadeiras de cinco em cinco horas e de fraldas trocadas de cinco em cinco minutos. Mas, enfim, eles lá devem saber. Às vezes ouço a minha avó Elisa dizer que a Rosa nasceu por minha causa, para me fazer companhia porque – como ela afirma – "filho único sempre faz asneira".

Eu não entendo o que isso quer dizer, mas, como tem muita coisa de que eu não gosto e que também dizem que é para o meu bem, pode ser que o nascimento da Rosa tenha sido mais uma delas. Assim como as vacinas que tenho que tomar, e os remédios amargos, e a broca do dentista. No início, custa – mas é sempre para nosso bem...

Aliás, isso é também um pouco o que eu penso em relação à matemática. A Chica, por exemplo, resolve todos os problemas sem qualquer dificuldade, mas existem coisas que não entende. Como aquela dos cubos de gelo entupindo a pia (como eu e a Rita rimos!...). Eu entendo que, se os cubos de gelo derretem num instante, nunca poderão entupir pia nenhuma, mas tenho dificuldade nos problemas de matemática. Isso, como diz a vó Elisa, "cada qual é como é...". Só que temos que fazer um esforço para melhorar naquilo em que não somos assim muito bons. Porque, tal como as vacinas, os remédios e as brocas (e quem sabe se também a Rosa...), tudo é para nosso bem.

Se eu não souber fazer problemas de matemática, como é que vou saber quantos envelopes de figurinhas posso comprar com o dinheiro que o meu pai me dá?

Se eu não souber matemática, como é que vou entender o preço das coisas e conversar com a minha mãe e o meu pai quando eles se queixam da vida cara? (E, como filha muda, eles têm a Rosa...)

Se eu não souber matemática, como é que posso contar o dinheiro que tenho economizado para comprar um toca-discos como o da Rita – e saber quanto falta ainda?

Talvez a Rosa venha a ser útil para a minha vida como a matemática, quem sabe? O que acho ruim é ela crescer tão devagar. Mas a minha prima Isaura, que criou quatro irmãos, afirma de pés juntos que a Rosa está muito crescida para a idade, de maneira que eu é que devo estar errada.

Mas gostaria que ela fosse já assim da minha idade e pudesse conversar comigo como a Rita. Começo a pensar que, no dia em que ela tiver a minha idade, eu já terei vinte anos, já estarei com certeza casada com o Rodrigo louro e de olhos azuis, e que, portanto, já nem terei tempo para ser amiga dela. E, antes de dez anos, palavra que não sei para que serve uma criança. Mas, se há crianças nascendo todos os dias, é porque devem servir para alguma coisa. Nem que seja só para a gente gostar delas. Gostar só por gostar. Por isso acho que é tempo de eu ir aprendendo a gostar da Rosa.

E de matemática.

MARIANA
(5º ano A)

17

Hoje desisti de ser apresentadora de televisão.

Até agora era o que sonhava ser quando crescesse: aparecer todos os dias nas telas, muito cheia de cachos e sorrisos, dizendo todas aquelas notícias importantes para as pessoas.

Mas a partir de agora decidi ser cientista, ou astrônoma, ou física, e saber coisas que ninguém mais sabe, e descobrir coisas em que ninguém pensou ainda, mas que devem andar por aí, bem pertinho dos nossos olhos, à espera de serem descobertas.

Tudo por causa das histórias de pasmar que me contou um amigo do meu pai que veio esta tarde ver a Rosa.

Achei que eram as histórias mais surpreendentes do mundo, e ele ria do meu ar espantado e só dizia que tudo era verdade, que não estava inventando nada, que um dia, quando eu estudasse, talvez ainda viesse a saber mais do que ele.

O meu pai também ria e de vez em quando aproveitava para entrar com a sua piada:

– Isso, isso... Vê se a convence com essas histórias, que pode ser que ela se decida a pegar na matemática a sério.

Eu não respondi, mas bem me deu vontade de dizer que, se a matemática da escola fosse assim tão divertida, com certeza ninguém seria melhor aluna do que eu.

– Verdade, Mariana! Tudo isso é verdade – garantia o amigo.

E contava – que a estação do ano que sentimos aqui fora não é a mesma que se sente por baixo da terra; que, se for inverno debaixo do céu, ainda é outono a três metros de profundidade; que o momento mais quente do ano chega a três metros de profundidade com um atraso de 76 dias, enquanto o mais frio leva 180 dias para chegar lá.

E então a gente fez as contas e chegou à conclusão de que, se o dia mais quente deste ano for, por exemplo, 25 de julho, a três metros de profundidade esse calor só vai chegar no dia 9 de outubro. E eu fiquei toda contente por ter sido capaz de fazer as contas de cabeça e ter dito o resultado certo quase ao mesmo tempo que o meu pai, também se divertindo muito com a brincadeira.

– Verdade, tudo verdade! – repetia o amigo.

E continuava a contar coisas espantosas.

Que vou contar logo para a Rita, e depois para todos lá da escola. Quem sabe mesmo se o Pedro não vai fazer cara tão espantada como a que eu fiz. Pois eu sei muito bem que os professores não sabem tudo sempre, e isso não é vergonha nenhuma, pois ouço a minha mãe repetir que a gente está sempre aprendendo coisas novas durante a vida inteira. Menos a tia Magda, claro, que já deve saber tudo o que existe para saber e mesmo aquilo que só será descoberto daqui a muitos anos...

Mas, como o amigo não conhecia a tia Magda, foi contando muitas coisas de que eu nunca tinha ouvido falar, em dez anos que tenho de vida.

– A gente aprende sempre muito, mesmo com coisas que nos parecem muito simples e sem mistério – dizia ele. – É claro que os mistérios acabam sempre sendo explicados, mas às vezes é preciso trabalhar anos e anos para isso. E digo a você: quando um dia as coisas aparecem claras, de repente, aos nossos olhos, é assim como se tivéssemos acabado de descobrir um mundo novo. Um físico inglês do século passado escreveu um dia: "Mesmo que uma pessoa dedique toda a sua vida estudando uma bolha de sabão, vai sempre encontrar nela novos ensinamentos de física". Está vendo... uma simples bolhinha de sabão, daquelas que você, com certeza, muitas vezes deve ter feito e soprado na janela... por isso é que é importante estar atento a tudo o que se passa à

nossa volta, não virar a cabeça para nada, nunca pensar que há coisas que não têm importância, que são insignificantes. Tudo é importante para o equilíbrio da nossa vida, você vai aprender isso, Mariana.

Fiquei pensando em tudo o que ele contou e confesso que algumas coisas ainda me confundem um pouco. Talvez por isso mesmo tenha decidido hoje desistir da televisão e ser física. Tive um livro de histórias em que os físicos andavam todos vestidos com roupas até os pés e chapéus de bico, como se fossem fadas. É possível que naquele tempo as pessoas pensassem que eles tinham alguma coisa de fadas, para saberem coisas tão estranhas e misteriosas...

Mas hoje os físicos andam vestidos como todo mundo, e ainda bem, pois devia ser muito incômodo andar com aquilo na cabeça o dia todo e com roupas arrastando no chão, que nem as noivas que posam para a foto de casamento aqui num jardim perto de minha casa.

Às vezes penso no que será a Rosa quando crescer. E se, quando ela for grande, as profissões serão as mesmas de hoje. Isso porque, segundo a minha avó Elisa anda sempre dizendo, "as coisas mudam de um dia para o outro. Se no meu tempo a gente algum dia pensou em ver mulheres guiando táxis!".

Também se as coisas não mudassem, que graça teria a vida?

Se as coisas não mudassem, ainda hoje as reguadas seriam moda em todas as escolas. Ainda hoje os pequenos iam para o campo trabalhar com cinco anos, como o avô Joaquim. Pode ser que o pai da prima Isaura ainda estivesse preso.

Se as coisas não mudassem, eu teria que andar de roupa comprida e chapéu de bico se quisesse ser física.

18

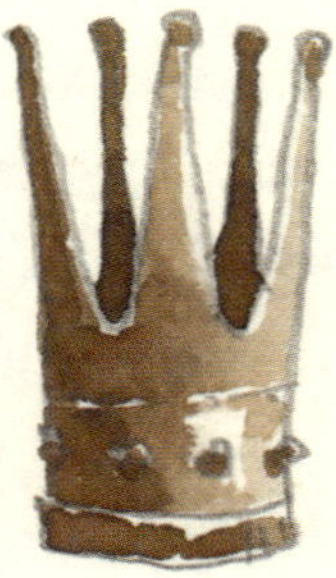

A Rosa não cabe mais no moisés. Bate com a cabeça e com os pés, e aí começa o berreiro de sempre. Por isso mamãe a passou para a cama de grades que foi minha e já estava no quarto desde que a Rosa nasceu.

Eu sei que alguns casacos que ela veste também foram meus, e acho engraçado pensar como eu cabia dentro deles, que devem servir na Zica... Mas mamãe está toda hora dizendo que a roupa deixa de servir na Rosa de um dia para o outro, e que é preciso comprar sempre coisas novas, e que por isso é que é tão caro ter um filho. Isso para não falar das papinhas. E das latas de leite que enchem a despensa. E de todas as vezes que tem que ir ao médico, mesmo que não esteja doente.

É claro que também as roupas deixam de servir em mim. Mas sempre aguentam um ano ou coisa assim. E a minha mãe consegue descer a bainha, inventar bainha onde não existe, alargar, tirar daqui para pôr ali, e sobretudo me dizer:

– Tenha paciência, isto ainda tem que durar até o fim do ano, que não vale mais a pena comprar roupa antes do inverno.

Para a Rosa é que é inútil a gente pedir que tenha paciência. Além de não entender, ela cresce todos os dias, enquanto eu, segundo li não sei onde, só cresço uns três centímetros por ano.

Gostaria muito de saber se a Rosa não entende aquilo que a gente fala com ela. Outro dia, riu só porque a chamei de bobinha. Mas será que ela entendeu, ou riu só por ter achado graça nos sons?

Quando chego da escola, vou muitas vezes para junto dela colar figurinhas ou fazer fichas de matemática, e começo a contar histórias para ela. Já expliquei que sou irmã dela, que sou muito mais velha, quase mulher. Já disse também que fui eu que escolhi o nome dela e que, se ela não gostar dele quando crescer, é porque tem mau gosto. Ela ouve (será?) e também vai tagarelando do seu jeito, ao mesmo tempo que brinca com as mãos e os pés, os seus brinquedos preferidos...

E assim vou contando para ela as minhas histórias – que eu já li mais livros do que um professor, um rei ou um presidente da República.

E, de vez em quando, sempre que o sono não vem e estou na cama, me divirto viajando por países que não estão no mapa. Já descobri tantos que é possível que um dia me façam também uma estátua, como fizeram ao Infante D. Henrique. Só espero que ninguém se lembre de pôr na minha cabeça um chapéu como o dele.

No primeiro país que visitei, as pessoas nunca tinham pressa, nunca precisavam correr para o ônibus, nem os meninos precisavam engolir o leite pelando pela garganta abaixo para chegarem a tempo na escola.

Ninguém andava aos encontrões, sempre repetindo "desculpe" e "com licença", e todos chegavam sempre a tempo em todos os lugares. Os despertadores não gritavam de manhã nas casas ainda adormecidas, acho até que ninguém sabia o que era um despertador, e todo mundo acordava na hora certa e sem resmungos. As ruas tinham árvores e flores, e era bom andar a pé, e a escola era pertinho das nossas casas e a gente caminhava de manhã cedinho até lá, e ainda tínhamos tempo para muita coisa antes de começarmos a estudar.

Quando estive nesse país, tinha um cachorro que andava sempre comigo, ia até para a escola, e estava quase aprendendo a tabuada toda, num dia em que acordei cedo demais do sonho, e por isso é que não teve tempo de passar da tabuada do cinco. Já tentei sonhar isso outra vez, para ver se ele conseguia aprender tudo até o fim, mas ele fica sempre no meio. Não sei se o defeito é do meu sonho ou do cachorro que pus dentro dele...

E nesse país tenho também um pássaro, que vem de manhã pousar no meu ombro e nunca mais me larga, e só não canta tão bem como o rouxinol da minha rua porque é um pássaro inventado, e todo mundo sabe que não tem pássaros que cantem tão bem como os verdadeiros.

Também já estive noutro país onde queriam que eu fosse rainha. Cheguei a experimentar uns dias, mas tropeçava sempre no manto real e a coroa andava sempre torta, por mais que a endireitasse no espelho do meu quarto.

Um dia, tive uma grande briga com o meu primeiro-ministro, que era quem mais mandava lá no país e não deixava que eu pusesse a Zica num trono ao lado do meu.

– Mas, Majestade, não pode ser! Não vê que ela só tem um olho?!

Isso era o que ele dizia, mas eu não me convencia assim com tanta facilidade.

– Primeiro-ministro, fique sabendo que a Princesa Zica vê mais com um olho só do que muita gente com dois!

Mas ele insistiu:

– Mas, Majestade, não é só isso! Não vê que a serragem está saindo toda da cabeça dela?!

– Primeiro-ministro: pode ser que o senhor também tenha serragem na cabeça, só que a gente não vê ainda!

Aí eu sei que ele ficou muito ofendido e só não me mandou prender porque eu era rainha, e com as rainhas não se brinca. Mas tirou a espada que já vinha do tempo de D. Afonso Henriques ou do D. Carlos (isso agora é que sei direito) e gritou:

– Não pode ser, Majestade! Não pode ser, porque ela é preta, e eu não quero que haja príncipes nem princesas pretas neste país. Se fosse para encerar o chão do palácio (que, por acaso, está bem precisado...) ou para dar palha para os cavalos, ainda vá lá. Mas, para se sentar num trono ao lado de Vossa Majestade, nunca!

Então achei que o primeiro-ministro estava completamente louco da cabeça, pois só assim podia compreender que não gostasse da Zica por ela ser preta. Como se ser preto, amarelo, vermelho, branco ou cor de rosa tivesse alguma importância na vida das pessoas.

O meu conselheiro ainda me sugeriu, baixinho, ao ouvido:

– Mande já tirar o coração dela pelas costas!

Era o que ele tinha lido, dias antes, num livro de história. Mas, como eu era boa pessoa, não queria fazer uma barbaridade dessas, e respondi:

– Não! Isso também é demais! Acho que o melhor é acordar aqui mesmo!

E foi o que fiz.

Peguei a Zica, tirei o manto, joguei a coroa em um canto qualquer do palácio, e, passados cinco minutos, estava já bem acordada, na cozinha, bebendo o leite para ir para a escola.

E nunca mais quis ser rainha de país nenhum, por mais que continuem insistindo comigo.

19

Esse tempo maluco de ora faz sol, ora faz chuva deixa as pessoas diferentes aqui em casa, começando pela Rosa, que de noite se cansa de tossir e chorar. Ponho a cabeça debaixo dos lençóis, às vezes mesmo debaixo do travesseiro, mas não consigo deixar de ouvir. Mamãe se levanta, papai se levanta, dão a ela o xarope que o médico mandou, e depois ficam os dois olhando para ela, sem saber o que mais podem fazer.

Mamãe pensa em tudo que poderá causar aquele choro – fome, fralda molhada, não sei o que mais... – mas nunca é nada disso, e a Rosa chora e tosse, tosse e chora, que os meus ouvidos quase não aguentam mais e qualquer dia explodem.

A verdade é que, se eu tenho tosse, mamãe me manda engolir uma enorme colher de xarope e começa logo a dizer:

– Se não tivesse tomado o sorvete quando estava suando, você não estaria tossindo.

Ou então:

– É a vaidade de não querer vestir casaco de manhã quando vai para a escola.

E não acorda de noite, nem se preocupa em saber se de noite a tosse continua ou não, nem vem para perto da minha cama olhar para mim como olha agora para a Rosa.

Eu sei que sou grande e que, como a vó Elisa tantas vezes me diz, "se quer ser crescida para umas coisas, também tem que ser crescida para outras". Mas às vezes acho que não sou tanto assim como a minha mãe e o meu pai devem pensar.

Quando conto essas coisas para a Rita, ela diz sempre:

– Deixa os seus pais com a sua irmã e vamos é colar as figurinhas no álbum, que daqui a pouco acabamos perdendo algumas, e estas últimas são muito difíceis de encontrar.

Como não quero parecer fraca, pego logo o frasco de cola e começo a pôr aquilo tudo em ordem. Mas as coisas continuam a remoer aqui dentro da minha cabeça e, se não fosse um grito da Rita, acabaria por colar a foca da Groenlândia no lugar do jacaré do Nilo...

Se a culpa é dos astronautas ou não, pouco me importa, mas a verdade é que esse tempo assim esquisito, com verão onde antes era inverno, e inverno onde antes era verão, confunde a cabeça. Gostaria de saber se lá embaixo, nesses tais três metros de profundidade, tudo também anda como aqui em cima, e se chega lá tão depressa calor como frio. Quando o amigo do papai voltar aqui, tenho que lhe perguntar tudo isso.

É claro que, em anos normais, nessa época a gente só pensaria em férias. Mas essa palavra não foi ainda ouvida este ano. Parece que ninguém pensa nisso. Mamãe diz que no mês que vem tem que voltar a trabalhar, pois já gastou o tempo todo de férias que tem para tratar do bebê. Aqui entre nós, gostaria muito de saber quem é que pode chamar de férias esse tempo de trabalho que a minha mãe tem tido, com a Rosa chorando e tossindo, os montes de fraldas para lavar e passar, as mamadeiras para preparar de cinco em cinco horas, e ainda o resto do serviço da casa para fazer.

É verdade que a vó Elisa vem dar uma ajuda todos os dias, mas eu vejo muito bem como a minha mãe está, e se isso são férias, vou ali e já volto... Acho até que, quando for trabalhar de novo, a minha mãe vai sentir um alívio enorme, pelo menos por se ver livre disso durante umas horas. Se fosse comigo, era assim que eu sentiria, mas a gente sabe lá o que pensam essas pessoas grandes, que às vezes parecem saber tudo, outras vezes parecem não saber nada de nada.

O meu pai também não fala em férias e só diz que, por mais que estique o ordenado, cada vez o dinheiro é menor e maiores os meses. Penso que vou ter que ficar em casa, nariz encostado nos vidros das janelas, olhando os aviões que passam e imaginando que sou eu que vou lá dentro, e que em poucas horas estou desembarcando num país desconhecido, igual àqueles aonde vou em sonhos.

A vó Lídia me contou um dia uma história (entremeada com aquele seu riso que nunca mais ouvi em ninguém desde que ela morreu) que sempre me pareceu mentira, mas que agora começo a pensar que não é.

Ela sempre afirmou que era verdade, que se lembrava muito bem de ter lido aquilo nos jornais.

Era um anúncio que dizia só isto:

"Por 2$50 nós lhe ensinamos a maneira mais barata de viajar. Responder para este jornal."

As pessoas respondiam e mandavam os vinte e cinco tostões pedidos pelo homem que tinha posto o anúncio. Ele gastava dez tostões num selo de carta – que era quanto custava um selo nessa época – e respondia a todo mundo a mesma coisa:

"Lembre-se que a terra dá muitas voltas e que, sem saber, você percorre milhares de quilômetros por dia. Se gosta de vistas pitorescas, abra os vidros da sua janela e contemple o quadro esmagador do firmamento."

Como a minha avó ria ao contar isso! Contava também que o homem acabou por ser preso e condenado a pagar uma multa, o que para mim foi uma grande injustiça, pois, afinal, deu um bom conselho aos pobres que não podem viajar de férias, como pode ser que vá acontecer comigo este ano.

Pelo que estou vendo, também não vai me sobrar outra solução senão contemplar o quadro esmagador do firmamento...

20

Às vezes fico pensando no que aconteceria se, por exemplo, saísse uma lei qualquer que estabelecesse que, a partir deste dia, as horas passariam a ter mais minutos, os dias mais horas, os meses mais dias, os anos mais meses, os séculos mais anos, e por aí afora. Ou então o que aconteceria se, de repente, a Terra parasse e deixasse de girar em volta do Sol. Acho que seria possível que tudo fosse pelos ares, como num grande ciclone que eu vi uma vez no cinema. E quem tivesse dez anos, como eu, seria já uma pessoa velhíssima, cheia de horas e meses enormes, sem quase caberem no calendário. Penso que os físicos e os cientistas devem saber essas coisas todas e entender tudo o que acontece. Entender até por que faz sol no inverno e chuva no verão. Entender por que as pessoas estão tão diferentes, que até a minha avó Elisa costuma dizer que tudo está cheio de eletricidade... Entender mesmo por que a Rosa não para de tossir e eu me sinto tão infeliz com isso tudo.

Isso tudo.

Nem sei ao certo dizer o quê.

Isso tudo.

Antes, há mais de um ano, quando a Rosa ainda não tinha nascido, as coisas eram bem melhores aqui em casa. Eu chegava da escola, a vó Lídia me preparava sempre pão com queijo, e ali ficávamos as duas rindo, ela me contando pela milionésima vez a história da Piriquinha e do Piriquinho, que uma madrasta malvada enganava e acabava espetando um alfinete bem no cocuruto da cabeça. E a voz dela repetia a cantilena:

Piriquinha vai para a mestra
Piriquinho para a lição.
Àquele que chegar primeiro
Eu vou dar queijinho e pão.

O que me incomodava de verdade nessa história era a Piriquinha aprender costura e o Piriquinho aprender a ler. Mais do que os terríveis alfinetes espetados na cabeça (a gente já sabia que a Piriquinha ia nascer outra vez no dia seguinte, com um enorme ramo de flores nos braços, por isso – mais alfinete, menos alfinete – a desgraça não era grande), mais do que a malvada madrasta, igual a todas que existem nessas histórias, me aborrecia aquela coisa de menina passar o dia fazendo bainhas e remendos, e menino ir para a escola aprender todas as coisas boas que a gente aprende na escola, e brincar com os amigos, e jogar bola, e voltar para casa de mãos nos bolsos, assobiando...

A vó Lídia ria quando eu dizia isso. Encolhia os ombros e só respondia:

– O que é que você quer?... As pessoas às vezes pensam que as mulheres foram feitas só para ficar em casa para tratar da roupa dos maridos e dos filhos, fazer a comida, limpar o pó e mais nada. E antes, aí por essas aldeias, ir à escola era quase um luxo. Por isso ainda hoje existe tanta gente que não sabe ler. Gente que desde pequenino teve que ir trabalhar, sem tempo para a escola.

Eu comia o pão com queijo que ela me dava e sabia que, no fim do dia, mamãe e papai chegariam do escritório e teriam sempre tempo para conversar comigo, e saber como tinha sido na escola e essas coisas todas. Às vezes, papai até tinha tempo para ver comigo o álbum de figurinhas, que naquele momento se chamava "Povos de Todo o Mundo".

Hoje tudo está diferente.

Mamãe passa o dia todo em casa, mas parece ter muito menos tempo para mim do que quando só a via de manhã e à noite. A vó Lídia morreu, e a vó Elisa já não é a mesma coisa, até porque nenhuma pessoa pode substituir outra. Ninguém fala mais só em mim, mas em mim e na Rosa. Já não dizem "você", dizem "vocês". De repente, sem perceber, deixei de ser "eu" para me tornar "nós", e isso ainda não entra direito na minha cabeça. Dividir com a Rosa os objetos, o espaço da casa, o tempo, as pessoas é coisa a que não me habituei ainda.

Por isso, fico contente por ela não conhecer a vó Lídia, não ouvir as suas histórias, não comer pão com queijo preparado pelas mãos dela. Assim eu nunca terei que dividir a vó Lídia com ela. Por isso, não quis que tivesse o seu nome. Para que a vovó pertencesse só a mim. Tal como a Zica, com a pintura preta caindo da cara e a carapinha cheia de traça, mas ainda e sempre a boneca que enche o meu coração inteiro.

Tudo anda tão diferente...

Isso tudo anda tão diferente que chego a pensar se a Terra não terá subitamente deixado de girar em volta do Sol sem ninguém ter dado ainda por isso.

21

Na janela em frente da janela do meu quarto, no prédio do lado de lá da rua, a minha vizinha costura à máquina. Através da sua varanda, consigo ver tudo o que acontece lá.

Toda vez que olho para ela, está debruçada sobre a máquina, pedalando, com um monte de roupa do lado. Quando vou para a cama, ela ainda está naquilo, sem tempo sequer para vir à varanda, olhar aqui fora, respirar.

Não sei sequer como se chama. Agora reparo que, nesses anos todos, ainda não a vi de pé. Sempre sentada, sempre curvada naquela máquina. Olho para ela todos os dias e tenho a certeza de que ela nem me vê, nem sabe que eu existo, que moro a poucos passos da sua casa, que talvez pudesse ser sua amiga, quem sabe se não teremos até o mesmo nome. Penso que, se desse um grito da minha janela, ela iria ouvir lá onde está, mesmo com o ruído da máquina de costura. Mas a verdade é que eu nunca gritei para ela. Nem ela para mim.

Acho estranho tudo isso.

Como se explica que eu saiba tanta coisa dos romanos, e dos mouros, e não saiba nada da minha vizinha?!

Como se explica que eu saiba quantas toneladas pesava a espada do D. Afonso Henriques e não saiba quanto pesa a máquina de costura da minha vizinha?!

Como se explica que eu saiba como viveram as pessoas milhares de anos atrás e não saiba como vive a minha vizinha?!

Como se explica que eu saiba que Isabel era o nome da mulher de D. Dinis e não saiba nem o nome da minha vizinha?!

Olho às vezes para as janelas dos prédios da minha rua e fico pensando que não sei nada de quem vive ali, que não sei nada do que acontece perto de mim, todos os dias. Fico achando que as janelas dos prédios são assim uma espécie de gavetas de um móvel muito grande que já perdeu a chave.

Antes, não devia ser assim, senão como saberíamos tantas coisas de gente que viveu há milhares de anos?

Quando fizemos uma visita de estudo a Conímbriga, o Pedro nos ensinou muita coisa.

Que até um pedacinho qualquer de louça pode nos dizer quando se construiu uma casa ou quando ela foi destruída, ou se teria sido edificada sobre outra, alguns anos mais antiga do que ela. E nós andávamos por aqueles caminhos e sabíamos que por eles também já tinham andado lusitanos e romanos mais de dois mil anos antes. E que naquele lugar onde agora restava pouca coisa tinha vivido gente como nós durante trezentos anos seguidos. E que, para defender essa terra dos inimigos, foram destruídos monumentos, palácios e estátuas, e com essas pedras foi construída uma grande muralha de defesa, até que mais tarde foi possível outra vez reconstruir a cidade.

Mas, como o Pedro nos explicou na escola, nada voltou a ser como tinha sido. E muitos povos inimigos vieram ocupar a cidade. E que cada vez ela ia ficando mais pobre, até que as pessoas não tiveram outro remédio senão procurar outro lugar para viver longe dali, e Conímbriga ficou parecendo cada vez mais com um deserto, onde a terra se amontoava e as silvas iam crescendo.

Íamos atravessando aqueles caminhos estreitos e pensávamos como era possível que ali mesmo tivessem existido lojas, e tendas, e gente conversando e discutindo preços, como hoje a minha mãe faz nas lojas onde entra. Como era possível que por ali tivessem corrido crianças brincando de cabra-cega, e quem sabe também imaginando como teria sido a vida antes delas...

Daqui a dois mil anos, as pessoas que então viverem saberão alguma coisa de nós? Alguém poderá saber como viviam as pessoas da minha rua, saber as lojas que ela tem, e o lugar exato onde está o hospital, a banca do seu João, o café, a igreja, a farmácia, o supermercado, o lugar das frutas do seu Lopes, o quartel, o cinema, a livraria, a escola? Daqui a dois mil anos, alguém vai saber que a minha vizinha passou a vida inteira presa à máquina de costura, sem tempo para vir à varanda, para olhar para aqui fora, para respirar?

Tenho que falar sobre tudo isso com a Rosa, assim que ela crescer, e depois com os meus filhos. E com os meus netos. E estes, com os filhos e os netos que um dia tiverem. Para que ninguém esqueça nada. Para que, daqui a dois mil anos, as pessoas todas saibam que o Zarolho foi o peixe mais importante que nadou nas águas do meu bairro.

22

Acordei de repente com a luz do relâmpago entrando nos meus olhos e o barulho da trovoada logo a seguir.

A Rosa chorava e tossia.

Eu me levantei e corri para o quarto dos meus pais. Não quero dizer com isso que tenho medo das trovoadas – que eu não tenho medo de nada e ninguém vai nos matar, como dizia a vó Lídia. Mas nesses momentos me dá sempre vontade de ter gente perto de mim, de não ficar sozinha.

Os meus pais estavam acordados e tentavam acalmar a minha irmã.

– Nunca vi a menina assim – dizia a minha mãe, com ela no colo. – Deve ser dor de ouvido. E esta tosse que não para, vai acabar com ela!

Naquele momento entendi que a dor de ouvido e a tosse da Rosa eram a maior tempestade daquela casa, e que os meus pais quase nem percebiam o que estava acontecendo para lá do vidro das janelas. Ainda tentei conversar:

– Esta trovoada...

Mas logo me interromperam:

– Imagina se você tem medo das trovoadas! Vai mas é para a cama para não se resfriar, e além disso amanhã é dia de escola e depois é uma peleja para você acordar.

Corri para a cama, assim com uma espécie de nó na garganta, que eu nem sabia se queria chorar ou se queria beber água. Como naquela noite em que a Rosa nasceu e eu fui dormir na casa da vó Elisa, onde descobri que tinha saudade de tudo: do colchão duro, da voz do papai, das mãos da mamãe ajeitando a roupa da cama.

Só agora era tudo diferente. Agora tudo estava ali, mas era como se não estivesse. A minha mãe estava no quarto ao lado, mas era como se estivesse perdida nos confins do mundo. O colchão era o meu, mas era como se de repente eu o sentisse estranho, machucando o meu corpo, não me deixando dormir.

Comecei a pensar que a pobre princesa do grão de ervilha devia ter se sentido assim como eu, e isso me fez ficar melhor, sempre era uma companhia para os meus males.

Trouxe a Zica para a minha cama, coisa que mamãe não quer que eu faça, porque – diz ela – "a Zica larga serragem e cabelos por toda a parte". Se largar, larga na minha cama, ninguém tem nada com isso, se alguém ficar com comichões sou eu. E só não vou buscar o Zarolho porque o aquário é pesado e poderia derramar a água toda. Mas só a Zica e o Zarolho é que, neste momento, não estão preocupados com a minha irmã. Só eles parecem se lembrar de que eu também existo. E que também tenho tosse. E que às vezes também doem os meus ouvidos. E que preciso falar com as pessoas, sobretudo em noites de relâmpagos e trovoadas.

– Quando tiver uma filha, nunca vou me esquecer destas coisas e vou ser a melhor mãe do mundo – isso foi o que eu disse à Rita.

– Vai, vai... – riu ela. – Por acaso, você acha que a sua mãe e a minha também não pensavam assim quando tinham a nossa idade? O pior é que depois cresceram e esqueceram. E com certeza nós também vamos fazer a mesma coisa!...

– Não vou nada! Faz você, se quiser. Eu não faço!

Fiquei muito ofendida com a Rita, e imaginando a pouca sorte que vão ter os pobres dos filhos dela quando nascerem... Da minha parte, acho que nunca vou mandar os meus filhos cedo para a cama, vou encher a barriga deles de chocolates, sorvetes e batatas fritas, e depois, se adoecerem, a culpa é deles.

É claro que eu sei que tudo isso é besteira e que, se não fossem a trovoada e a tosse da Rosa, eu não pensaria desse jeito. E também sei que a minha mãe e o meu pai não eram assim antes do nascimento da minha irmã.

Mas como posso explicar isso a eles se nunca têm tempo para mim?

E fazem mal, porque bem que precisavam ouvir umas boas verdades que eu tenho engasgadas para dizer a eles.

Que isto é assim mesmo: se nós não educarmos os nossos pais, quem é que os educa? Se nós não ensinarmos a eles certas coisas, quem é que vai ensinar?

Meu Deus, como os meus pais estão precisando de lições minhas!

Meu Deus, como os meus pais precisavam ser meus filhos!

23

Logo que a Margarida avisou, já dentro da perua, que eu ficaria na casa da vó Elisa, percebi que tinha qualquer coisa estranha em tudo aquilo, que alguma coisa não estava bem.

Mas ninguém sabia me explicar fosse o que fosse.

– Foi o Pedro que me deu o recado – dizia a Margarida.

E jurava de pés juntos que não sabia mais do que isto: eu ia ficar na casa da vó Elisa e não na minha, como sempre acontece.

Eu gosto da vó Elisa, mas não sei por que a casa dela está sempre ligada a coisas desagradáveis. A casa não tem culpa, eu sei. Mas é sempre para lá que me mandam quando alguém morre, como aconteceu no ano passado com a vó Lídia. E foi para lá que me mandaram quando a minha mãe foi operada. E quando a Rosa nasceu.

A casa da vó Elisa é sempre um lugar onde entro triste. Se a tristeza tivesse cheiro, acho que teria o cheiro das paredes da casa da vó Elisa.

Cheiro que não tem nada a ver com umidade ou mofo, como as paredes da casa da tia Magda. Aí é diferente. Penso que tudo lá (e não apenas as paredes) cheira a um tempo vazio, mal aproveitado, tempo guardado para coisas e pessoas que nunca vão chegar, e por quem a tia Magda vai esperar sempre e sempre mais.

Penso em tudo isso enquanto a perua vai andando, atravessando ruas, parando nos sinais vermelhos e nos cruzamentos. Volto a insistir com a Margarida:

– Mas o Pedro não disse mesmo mais nada?

– Disse que não tinha ninguém em sua casa e que por isso a gente tinha que deixar você na casa da sua avó, que está à sua espera. Não disse mais nada.

Para me sossegar, fez um carinho na minha cabeça e acrescentou:

– Vamos, não faça dramas, que não deve ter acontecido nada de mais.

Ainda esperei que dissesse: "E só sabemos dar valor a alguma coisa quando ficamos sem ela". Mas não. Conversava agora com o Luís Miguel: "Pegue depressa a pasta, que estamos quase chegando na sua porta". Em dias normais, eu saio logo depois do Luís Miguel, mas hoje a perua tem que dar uma volta maior para me deixar em frente à casa da vovó. Que deve estar aqui embaixo, na rua, à minha espera. Como fazia a vó Lídia.

Mas, agora eu já sou crescida, não preciso mais que ninguém venha me buscar aqui embaixo. Como costuma dizer o meu pai, muitas crianças mais novas do que eu têm que caminhar quatro ou cinco quilômetros sozinhas para chegarem à escola. Até eu, no ano que vem, já vou a pé sozinha para a escola do próximo ciclo, que nem fica longe da minha casa. Mas sempre tenho a companhia da Rita, que também vai para lá.

Gosto sempre de ter companhia quando ando na rua, para poder falar, rir, contar coisas, sei lá. A minha mãe um dia me disse que eu falava pelos cotovelos. A primeira vez que ouvi essa expressão comecei a rir, porque de repente comecei a imaginar como seriam os meus cotovelos com boca e dentes, quem sabe mesmo se com um dente de ouro como a tia Magda... Bocas espirrando quando estivessem resfriadas, e tossindo como a Rosa... Bocas nascendo mesmo nos cotovelos... Ia ser engraçado...

Mas a verdade é que, com cotovelos e bocas ou sem elas, gosto muito de falar com os outros. Às vezes, se estou muito tempo calada, parece que alguma coisa estala dentro de mim.

Ouvi um dia a minha prima Isaura contar à minha mãe que, uma vez em que levaram o seu pai para a prisão, e ela ficou sozinha em casa, sem ninguém com quem conversar durante dias e dias, noites e noites, ia se sentar diante do espelho e ficava ali horas seguidas falando consigo mesma, fazendo companhia para si própria.

Mas agora já não prendem as pessoas que lutam pelo bem, como naquele tempo. Então, não é por isso que vou ficar na casa da minha avó Elisa. Também parece que ninguém está morrendo. E a minha mãe ainda não teve tempo de ter outro filho.

– Por que é que vamos hoje tão devagar? – pergunto.

Impressão minha, dizem.

Estamos indo na velocidade de costume, dizem.

Já saíram quase todos. A Margarida me estende a pasta.

– Toma, já estou vendo a sua avó.

Na esquina da rua, em frente da porta, a vó Elisa sorria para mim. E eu vi logo que não era um sorriso habitual, mas sim um jeito de não me assustar – aquele jeito que têm quase todos os adultos, sem nunca perceberem que assim nos assustam muito mais ainda. Porque assim a gente entende que eles também têm medo como nós, e que talvez não sejam tão diferentes, nem tenham certeza de tantas coisas como querem parecer.

Saltei da perua e corri para a vovó.

– Que foi que aconteceu? Por que é que vim hoje para sua casa? Morreu alguém, vovó? Quem foi que morreu? Fala, vovó! Foi a mamãe?

– Não diga bobagem, Mariana! Mas que bobinha me saiu a minha neta! Vamos entrar e não diga mais asneiras.

Fiquei mais calma, consegui suportar o elevador chegar até o quinto andar, devagar, devagar, e não fiz mais perguntas. Ninguém tinha morrido – isso, pelo menos, eu já sabia.

24

Mas não sabia o resto: que a minha irmã tinha sido levada de manhã para o hospital, e mamãe estava com ela.

A vó Elisa falava em pneumonia, e eu não sabia bem o que essa palavra queria dizer, palavra quase maior que a Rosa, mas entendia o suficiente para compreender que era uma daquelas palavras que podem matar uma pessoa.

– A tosse não parava – dizia a vó Elisa. – A febre subiu para 40 graus e ela começou a ter muita falta de ar. O dr. Matos foi lá e a mandou logo para o hospital. Seu pai veio de lá há pouco, e diz que a puseram numa tenda de oxigênio para poder respirar.

Vovó ia dizendo tudo isso muito devagar, de pé no meio da cozinha, com grandes silêncios entre cada frase.

Eu me sentia pouco à vontade, com a pasta da escola ainda na mão, sem saber o que dizer, nem sequer o que perguntar. Só me lembrava de ter detestado a minha irmã por ela ter tossido durante toda a noite, sem me deixar dormir. De ter detestado os meus pais por estarem preocupados só com ela. E agora vovó me dizia que ela estava no hospital, e que tinha três médicos junto dela.

– A Rosa está muito doente, vovó? – perguntei tão baixo que nem sei como ela ouviu e respondeu:

– Está, Mariana. Está muito doente.

E acrescentou logo depois, talvez com medo do que eu ainda pudesse perguntar:

– O seu pai está lá dentro, vai conversar com ele.

Vou até a sala, devagar.

Conto as pontas de cigarro no cinzeiro: um maço inteiro ali roído até o filtro, num silêncio que faz mais barulho do que todas as trovoadas.

Penso que a Rosa pode morrer, mas não quero falar nisso com ele. Nem quero fazer perguntas. Eu o assustaria ainda mais, e acho que os filhos foram inventados para proteger os pais de todos os perigos, de todos os receios.

Por isso, passo a mão na sua cabeça e vou me sentar perto dele, fazendo fichas de matemática.

– O Pedro mandou dizer que você vai bem melhor – ouço a sua voz.

Tenta sorrir ao dizer isso, mas vejo como ele está longe, pensando na Rosa, como todos nós. E sei que aquelas palavras não foram mais do que um pretexto para quebrar o silêncio, para ver se por elas o tempo corria mais depressa.

Mas o tempo escorre devagar. Penso que deve ter sido agora que o calendário se modificou sem percebermos. Agora, neste momento exato em que a minha irmã, meio metro de gente, tem uma tenda de oxigênio sobre o seu corpo tão frágil, e que os dias devem ter começado a ter mais horas, e as horas mais minutos, e os minutos mais segundos.

Se a vó Lídia estivesse aqui, tenho certeza de que ia se lembrar de alguma história para nos contar, e nela teria alguém ainda mais doente do que a Rosa, que sairia do hospital, feliz e contente, alguns dias depois.

Mas eu só me lembro de histórias tristes, e sobretudo da raiva que tive da tosse da minha irmã, e me vem aquela vontade de chorar que parece nascer na ponta dos pés e subir pelo corpo todo, quando penso como é fácil voltar à vida nas histórias, mesmo que uma madrasta terrível nos espete um alfinete na cabeça ou nos faça engolir maçãs envenenadas.

A vó Elisa vem da cozinha, entra na sala e tenta animar como pode.

– Ninguém quer ouvir a novela?

A vó Elisa ouve todos os dias a novela do rádio e quando tem tempo vai me contando a história. Às vezes não tem graça nenhuma e, além disso, ela mistura um pouco os nomes das personagens, e eu fico sem entender nada. Mas digo sempre que estou gostando muito, que a novela é muito interessante, e sobretudo muito melhor do que a anterior. Porque, para a vó Elisa, cada novela que começa é sempre melhor do que a que terminou.

Mas eu sabia que não era hora da novela, e que aquilo era só para ver se eu ligava o rádio e o ambiente não ficava tão pesado.

Talvez tivesse razão: me levantei e apertei o botão. Algumas palavras, poucas. E, de repente, a música.

"Ó minha rosa encarnada,
mesmo à beirinha do tanque..."

Ficamos os três olhando uns para os outros, daquele jeito que a gente tem quando não está olhando para ninguém, nem para lugar nenhum. Papai abriu outro maço de cigarros. Vovó ia protestar (sei até o que diria: "Não fume mais, que faz muito mal a você!"), mas não teve coragem de falar.

"... dá-lhe o sol, dá-lhe a geada,
cada vez está mais brilhante."

Volto a pegar as fichas para disfarçar nem sei bem o quê. Mas como posso pensar em conjuntos se este conjunto que nós somos em casa está incompleto? Alguém entrou e tirou a Rosa dele. E assim o conjunto ficou imperfeito, sem um dos seus elementos, e a ficha ficou errada.

E, se a Rosa não voltar para dentro do conjunto a que pertence, nunca mais acredito em matemática.

25

Nunca pensei que a minha casa pudesse ficar assim vazia, assim tão cheia de nenhum barulho. A não ser nesses últimos dias, a Rosa não fazia muito barulho: às vezes eu estava lendo, colando figurinhas ou brincando com a Zica, e nem me lembrava dela. E agora que ela não está aqui é que eu vejo como, afinal, ela enchia esta casa toda, e como isso era bom.

Se abrir uma gaveta, é certo que vai pular de lá uma fralda, um casaco, uma chupeta, uma manta. E é estranho tudo estar nos mesmos lugares sem a Rosa. Se ela morrer, quem é que vai enterrar todas essas coisas que são dela, e que só não morrem também porque as coisas não morrem nunca? As coisas vão se gastando, perdendo, eu sei lá... Talvez daqui a dois mil anos alguém encontre essa manta da minha irmã e saiba que ela existiu. Daqui a dois mil anos só algumas dessas coisas já poderão explicar que estivemos aqui neste lugar, e aqui vivemos estes anos todos.

O meu pai não quis que ficássemos mais dias na casa da vó Elisa, e voltamos para nossa casa. Mas não sei o que acho do silêncio da cozinha sem mamãe às voltas com as mamadeiras, lavando, fervendo, enchendo de leite cada uma, e novamente lavando e fervendo, tantas vezes por dia. Não sei o que acho das sete horas da noite sem a confusão de sempre: papai chegando, a mesa posta, o jantar, os telefonemas, o banho da Rosa.

Agora existe apenas um grande silêncio em volta de todos os objetos, como se quase tivéssemos medo de falar alto e acordar sabe-se lá que fadas...

Mamãe está no hospital com a Rosa, papai chega tarde, e a vó Elisa me faz engolir na cozinha o jantar que trouxe de sua casa e que não me agrada. As pessoas telefonam, mas dessa vez a vó Elisa não responde "Correu tudo bem", como há três meses. Agora, encolhe os ombros, leva a mão aos olhos e diz só:

– Ainda não sabemos nada... O médico diz que o pior são estes cinco primeiros dias...

A tia Magda, como sempre, quer responsabilizar todo mundo pelo que aconteceu. Para ela, "foi uma corrente de ar depois do banho", ou "era a menina que andava mal alimentada e sem vitaminas".

E também, como é hábito, acaba sempre dizendo:

– Bem que eu tinha prevenido.

Volto a pensar que se isso acontecesse nas histórias não tinha nenhum problema. Mesmo que a pneumonia da Rosa fosse obra de fada má, logo apareceria meia dúzia de fadas boas, e ela ficaria curada. E já estaria em casa, e eu fazendo carinho nela, a única maneira de dar a entender que gosto dela, e que ela pertence à minha família, e que não vou querer que ela morra nunca.

Mas fadas, elas só existem nos livros e, mesmo assim, não em todos. E neste momento acredito mais nos três médicos que tratam da minha irmã do que em todas as fadas do mundo, mesmo que viesse uma lei que as obrigasse a existir de verdade.

Ouço alguém pôr a chave na porta, e depois a voz do papai, que chama por mim e pela vó Elisa. Ele me senta nos joelhos e diz:

– A Rosa está melhor! A Rosa vai ficar boa! Na semana que vem já volta para casa.

Eu o abraço muito e só consigo repetir:

– A Rosa vai ficar boa... A Rosa não vai morrer...

A vó Elisa corre para o telefone para espalhar a notícia.

Continuo sentada no colo de papai, sem dizer nada. Ele também não fala, mas passa a mão no meu cabelo, como eu gosto que ele faça e como há tanto tempo ele não fazia. Acho que, assim que a Rosa vier para casa, tudo vai ser muito melhor do que antes, no tempo em que a "menina" era eu e ela ainda não existia sequer no nosso pensamento.

– Papai...

– Que é?

– Sabe o que eu descobri?

– Não, diga lá.

– Descobri que a Rosa é minha irmã, que a Rosa é da minha família, como o rouxinol que vem cantar aqui na primavera...

Papai não riu nem disse "Que bobagem!", como eu cheguei a temer. Ficou calado muito tempo. E depois:

– Mariana...

– O que é?

– Nós temos andado muito preocupados e cansados, e por isso não temos dado muita atenção a você, não é? Eu sei que você antes conversava muito comigo e com a mamãe, que passeávamos aos domingos e que sempre havia tempo para estarmos perto de você. Não tenho dito nada, mas também noto que você anda aborrecida. E a mamãe também sabe. Ainda há pouco, lá no hospital, falamos nisso. Mas, agora que a Rosa vai ficar boa e vai voltar para casa, prometo que as coisas vão ser diferentes. Até já sei de uma novidade...

– Uma novidade? Fala logo o que é!

– Assim que a Rosa estiver mesmo boa e não precisar tomar mamadeira à meia-noite, a mamãe vai passar a cama dela para o seu quarto.

De repente, me achei com cara de tia Magda, dizendo "Que grande responsabilidade!"... Mas parei a tempo.

Disse apenas:

– Que bom, papai!

E ele percebeu que eu estava mesmo falando sério e que me sentia feliz por ter a minha irmã dormindo do meu lado. Com a Zica, o Zarolho, o álbum de figurinhas e os livros, o meu quarto ficaria uma família completa.

Aquela família que a tia Magda não pode entender que exista. Mas a tia Magda eu não posso mais educar. Já é tarde demais. Foi pena ela não ter casado, não ter tido filhos. Estaria agora muito diferente do que está.

Porque nós fazemos muita falta aos nossos pais, mesmo que eles não reconheçam isso. Mesmo que eles pensem que os crescidos são eles. E que os grandes é que sabem a verdade de todas as coisas.

26

Acordar de manhã mais contente do que o rouxinol que canta desde o princípio da primavera na árvore em frente da janela do meu quarto.

Ficar mais um momento na cama, porque não tenho aula, e a minha irmã não demora.

Olhar pelas tirinhas da cortina mal fechada e imaginar o dia de sol que faz lá fora.

Esperar que, ao menos hoje, a minha vizinha não esteja dobrada sobre a máquina de costura, com um monte de roupa ao seu lado.

Contar os minutos e os segundos que faltam para a Rosa entrar em casa. Escutar os ruídos do elevador em movimento e acreditar que é ela finalmente.

Pensar, pela primeira vez, que tenho pena que a vó Lídia não vá pegar a minha irmã no colo, contar histórias, rir para ela, dar um dia a ela pão e queijo na chegada da escola. Pena de não poder dar hoje para ela a vovó de presente.

Sonhar todos os países aonde irei com ela. E ter mais força para enfrentar os primeiros-ministros aborrecidos que não querem obedecer às minhas ordens. Só porque a partir de agora eu já não estou sozinha, e é bom não estar sozinha nunca mais.

Recordar o amigo que um dia me disse: "Tudo é importante para o equilíbrio da nossa vida".

Ouvir mais uma vez o ruído do elevador. Desta vez o ruído certo.

Contar os segundos.

Ouvir a campainha.

A chave entrando na fechadura.

A porta que se abre.

Rosa.

Rosa, minha irmã Rosa.

Alice Vieira

Nasci em Lisboa, em março de 1943.

Sempre quis ser jornalista – e fui, desde os meus 18 anos até hoje.

Nunca quis ser escritora – mas também fui, já para lá dos 30.

As tias que me criaram sonharam sempre em me ver professora – e por isso na faculdade fiz o curso de Filologia Germânica (isto quer dizer inglês e alemão) – mas professora nunca fui.

Trabalhei muito na televisão, fazendo textos para vários programas infantis, entre eles a *Vila Sésamo*, e escrevendo diálogos para várias séries.

Já recebi diversos prêmios, mas o prêmio maior é ver as pessoas com os meus livros nas mãos.

Casei com um jornalista, tenho uma filha jornalista e um filho professor de matemática na universidade – o único com juízo na família.

Para além de escrever para seis editoras, para além de trabalhar numa revista para jovens chamada *Audácia*, ando sempre correndo de escola em escola pelo país todo – e também pelos países onde os meus livros são editados.

Precisaria descansar. Mas não sei quando.

Dados Internacionais para Catalogação na Publicação (CIP)
(Maria Teresa Alves Gonzati / CRB 9-1584 / Curitiba, PR, Brasil)

V658 Vieira, Alice.
Rosa, minha irmã Rosa / Alice Vieira; ilustrações Odilon Moraes – Curitiba: Positivo, 2014.
112 p.: il.

ISBN 978-85-385-8409-4

1. Ficção portuguesa. I. Moraes, Odilon. II. Título.

CDU 087.5

Gerente Editorial: Júlio Röcker Neto
Gerente de Arte e Iconografia: Cláudio Espósito Godoy
Edição: Marcelo Del'Anhol e Fernanda Pehls Mendes
Supervisão de Arte: Karina Hollanda
Análise de Arte: Juliana Ferreira Rodrigues
Edição de Arte: Daniel Cabral
Diagramação: Juliana Ferreira Rodrigues
Coordenação de Revisão: Sandra Regina de Souza
Revisão: Alessandra Cavalli Esteche
Capa e projeto gráfico: Daniel Cabral
Engenharia de Produto: Solange Szabelski Druszcz

Rua Major Heitor Guimarães, 174
80440-120 – Curitiba – PR
Site: www.editorapositivo.com.br
Fale com a gente: 0800 723 68 68

Impressão e acabamento:
Gráfica e Editora Posigraf Ltda.

3ª impressão

Impresso no Brasil
1 2 4 5 6 7 8 9 10 11 12

2016